KB186834

고전 서사와 상호문화콘텐츠

서유경

박문사

이 저서는 2022년도 서울시립대학교 기초 · 보호학문
및 융복합 분야 R&D 기반조성사업에 의하여 지원되었음.

고전 서사와 상호문화콘텐츠

고전 서사와 상호문화콘텐츠

머리말

  우리의 고전 서사를 공부하면서 늘 마음속에 가지고 있던 고민은 어떻게 하면 우리 고전 서사를 더 오랫동안 많은 사람들이 즐기게 할 것인가 하는 것이다. 설화나 고전소설은 현대의 수용자에게는 어려움이나 무의미함으로 다가올 때가 많기 때문이다. 이 책은 이러한 고민을 문화교육이라는 관점에서 풀어보고자 하였다.

  일반적으로 문화교육을 논의할 때에는 한국어교육에서와 같이 외국인을 대상으로 하는 교육과정이나 프로그램을 상정할 때가 많다. 그런데 이 연구에서는 비단 외국인 대상의 문화교육으로 한정하지는 않는다. 고전 서사에 대한 상호문화적 접근은 외국인뿐만 아니라 시대적, 문화적 거리를 지닌 한국인에게도 필요할 수 있기 때문이다.

고전 서사를 어려워하는 한국 학생에게나 전통적 한국 문화에 대해 알고 싶어 하는 외국인에게나 다 같이 고전 서사와 문화콘텐츠를 관련짓는 방식이 유용할 수 있다. 이렇게 고전 서사와 문화콘텐츠를 함께 비교하여 이해함으로써 흥미롭게 상호문화적 이해에 도달할 수 있으리라 보았다. 이 글에서 분석한 문화콘텐츠 양식은 영화, 드라마와 같은 매체에 한정된다.

사실 상호문화콘텐츠라는 용어가 흔히 쓰이지는 않는다. 그런데 이 연구의 주제를 '고전 서사와 상호문화콘텐츠'로 정한 것은 '문화콘텐츠를 활용한 한국 고전 서사의 상호문화적 이해'라든지 '고전 서사와 문화콘텐츠를 통한 한국 문화의 상호문화적 이해'와 같이 풀어쓰는 것보다 효율적이라고 보았기 때문이다. 여기서 상호문화콘텐츠의 개념은 고전 서사와 관련하여 상호문화적으로 이해할 수 있는 문화콘텐츠라 할 수 있겠다.

이 글에서 다룬 고전 서사 작품들은 미천한 처지에서 영웅이 된 인물을 다룬 이야기이다. 그리고 이와 관련지어 볼 수 있는 국내외 문화콘텐츠를 제시해 보았다. 여기서 분석한 작품 외에도 더 많은 이야기와 문화콘텐츠들이 있겠지만, 필자 역량의 한계로 제한적으로 다루어졌음을 이해해 주시길 부탁드린다.

이 책이 나오기까지 지원해 주시고 도와주신 분들께 진심으로 감사의 말씀을 전하고 싶다. 우선 연구를 허락해 주신 서울시립대학교 총장님과 구성원께 감사드린다. 그리고 '고전 서사와 상호문화콘텐츠'라는 주제로 함께 공부에 참여한 제자들, 특히 함주희와 구서경, 장열에게 고마운 마음을 전한다. 또한 이 연구의 진행 과정에서 강연으로 가르침을 주신 김종철 선생님께 특별히 감사드린다.

아울러 책의 출판을 허락해 주시고 지원해 주신 윤석현 사장님과 책이 나올 때까지 애써 주신 편집진께 감사를 표한다.

2023년 11월

서 유 경

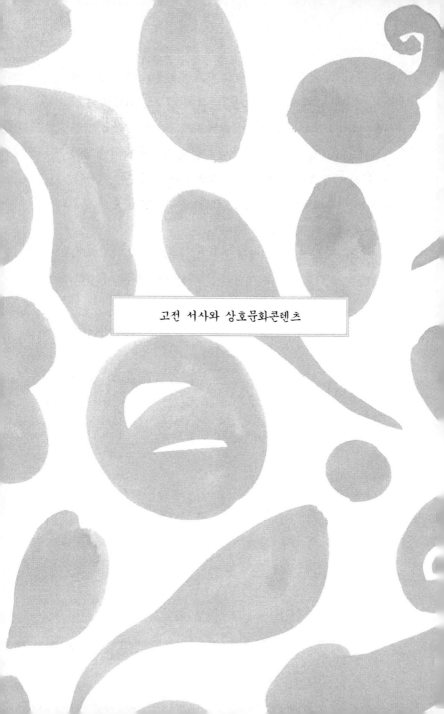

고전 서사와 상호문화콘텐츠

차례

고전 서사와 상호문화콘텐츠

1

고전 서사와 상호문화콘텐츠 시론

왜 고전 서사와 문화콘텐츠인가?

전 세계적으로 K-팝, K-드라마, K-콘텐츠 등 K-문화가 각광을 받으면서 해외에서 한국어와 한국 문화를 알고자 하는 요구가 급증하고 있다. 이와 동시에 우리 한국 사회에 유입되는 외국인도 늘어나면서 사회문화적으로 다른 문화권의 구성원에 대해 어떻게 수용하고 포용할 것인가가 중요한 과제가 되고 있다. 이러한 상황에서 다문화 구성원을 위한 정책과 교육은 매우 절실한 문제라 할 수 있겠다.

전통적인 한국 사회는 단일적 성격이 강하였기 때문에 이렇게 세계화, 국제화되고 있는 우리 사회의 변화는 당황스러운 것일 수 있다. 그렇지만 다문화 한국 사회로의 변화는 이미 이루어졌다 할 수 있으며 한편으로는 당연하다고도 할 수 있다.

국제 교류가 활발해졌을 뿐만 아니라 우리 사회의 유지와 발전을 위해서도 인적 구성의 다원화가 필요해졌기 때문이다.

새로운 구성원을 받아들이는 상황에 초점을 맞출 때에는 다문화 교육을 새로이 유입되는 구성원에 대한 교육만으로 제한하여 생각하기 쉽다. 그렇지만 다문화 공동체가 만들어지는 과정을 고려해 보면 이 문제는 어느 한쪽이 다른 한쪽을 받아들이는 일방향적인 것이 아니라 서로 이해하고 받아들여야 하는 상호문화적인 것이다. 그래서 외부에서 유입되는 구성원들도 한국을 배우고 이해해야겠지만 우리 사회 구성원 역시 다른 사회에서 유입되는 구성원들에 대해 적절한 자세와 지식을 갖추는 교육이 필요하다 할 수 있다.

그간 학교 교육이나 사회 정책 차원에서 다문화 사회로의 변화에 대한 방책을 실행해 온 성과가 있어 이제 어느 정도는 다문화 사회에 적응된 모습도 보인다. 그렇지만 여전히 우리 사회의 기존 구성원들과 새로운 구성원들이 어떻게 만나고 화합하여 함께 살아갈 것인가에 대해 고민하고 풀어야 할 문제들이 산재해 있다. 이러한 문제는 서로 다른 문화적 배경을 지닌 구성원들이 서로 이해하고 알아가는 데에서 해결의 실마리를 찾을 수 있을 것이다.

이러한 점에서 우리의 고전 서사는 상호 문화적 이해를 위한 자료로서 유용함을 가지고 있다. 무엇보다 우리 고전 서사는 한국 문화가 오랜 시간 동안 집적되며 향유되어 온 역사를 지니고 있다. 고전 서사, 예컨대 설화나 고전소설은 그 창작 시기는 몇백 년에서 몇천 년을 거슬러 올라간다. 그렇게 오래 전에 만들어지고 향유된 이야기들이지만 지금까지 이야기 문학의 전통과 문화 속에 살아있다. 그러면서 고전 서사는 새로운 문화 속에 적응하며 다양한 문학 갈래와 문화 양식으로 변화하는 모습도 지니고 있다. 문화콘텐츠는 이러한 고전 서사의 확대, 변화와 연결되는 지점에 있기도 하다.

이에 이 연구는 한국의 고전 서사와 문화콘텐츠를 활용하여 서로 다른 문화를 상호문화적으로 이해하는 방안을 모색해 보고자 한다. 달리 말하자면 우리 사회의 다양한 구성원들 혹은 한국어와 문화를 배우고자 하는 사람들의 상호문화적 이해를 위해 우리 고전 서사와 문화콘텐츠를 활용하고자 하는 것이다. 이는 한국 문화를 이해하는 한 방편이 고전 서사 작품일 수 있으며, 국내외의 문화콘텐츠는 다양한 문화의 주체들이 상호문화적으로 교류하고 이해할 수 있는 유용한 교육 자료일 수 있기 때문이다.

다른 한편으로 이러한 고전 서사와 문화콘텐츠를 통한 상호문화적 이해를 필요로 하는 우리 사회의 구성원이 비단 다문화 배경의 구성원에 국한되지 않는다. 다시 말해 우리의 고전 서사 향유 맥락과 시간적, 문화적 거리를 가진 새로운 세대들과의 소통에도 이러한 접근이 필요할 수 있는 것이다. 지금과는 확연히 다른 문화적 배경에서 만들어진 우리 고전 서사는 학습의 대상이고 상호문화적 이해를 필요로 하는 자료일 수 있다.

상호문화적 관점에서 문화교육의 필요성은 다문화 사회로의 변화와 세대 간 격차가 커지는 과정에서 점점 더 강조되는 시점에 있다. 단지 학교와 같은 제도교육의 범위에 한정되지 않고, 가정 내에서, 지역사회 내에서, 외국인 노동자를 고용해야 하는 기업에서, 다른 문화권에서 성장한 구성원과 한 공간에서 생활하거나 일해야 하는 현장에서 문화교육이 필요하기 때문이다. 이러한 맥락에서 이 연구에서는 고전 서사를 바탕으로 국내외 문화콘텐츠를 비교하는 과정을 통해 어떻게 상호문화적 이해에 이를 수 있는지, 고전 서사와 문화콘텐츠를 관련지어서 어떠한 문화교육의 내용이 마련될 수 있을지 탐색해 보고자 한다.

문화교육과 문화콘텐츠

한국의 고전 서사와 다양한 문화콘텐츠의 비교를 통한 문화교육은 한국 문화를 학습하고자 하는 학습자가 가진 문화적 기반과 학습 대상인 한국 문화가 상호작용할 수 있는 바탕이 될 수 있다. 점점 더 세계화되고 있는 한국 문화 현상과 다문화 사회로 변화하고 있는 한국의 현실을 생각할 때 이러한 서로 다른 문화의 공존과 조화에 대한 교육이 반드시 필요하다. 이것이 문화교육의 과제인 바, 이 연구에서는 한국의 고전 서사와 다양한 문화콘텐츠의 비교를 통해 문화교육의 내용과 방법을 고구하고자 한다.

여기서 문화교육은 두 가지 방향성을 지닌다. 하나는 우리나라 구성원의 내적 결속을 공고히 하는 방향으로 세대 간 문화 차이를 해결하고 동일 공동체로서의 정체성을 갖추도록 하는 것이다. 또 다른 하나는 우리나라의 기존 구성원과 새로이 유입된 다른 문화적 배경을 지닌 구성원의 조화와 결합을 추구하는 방향이다. 전자는 우리나라 국어교육에서의 문화교육 과제라고 할 수 있고, 후자는 외국어로서의 한국어교육에서의 문화교육 과제라 할 수 있다. 이는 한국인이든 외국인이든 한국의 문화와 문학에 대한 상호문화적 이해를 필요로 하는 상황이기 때문이다. 그리고 이 과제를 해결하는 데 있어 우리 고전 서사가 필요한 이유는 시간적, 문화적 상거의 문제를 다룰 수 있는 자료이면서 해소 방법을 모색할 수 있는 자료이기 때문이다.

한편, 한국어교육에서 문화교육이 중요한 이유는 한국어 학습이 단순히 한국어를 기능적으로 익히는 데에서 끝나지 않기 때문이다. 한국 문화에 대한 이해가 전제될 때 진정한 한국어 사용자가 될 수 있을 것이기 때문이다. 외국에서 한국어를 가르치고 배우는 영역이든, 한국 내에서 외국인을 대상으로 한국어를 가르치고 배우는 다문화 영역이든 한국어를 기능적 차원에서 구사하는 수준을 넘어 한국의 문화를 교육하는 과정이 반드시 필요하다. 그렇지만 문화교육은 해당 국가의 전반적인 문화를 포괄하는 것이어서 그 범위가 매우 넓은 문제가 있다.

그래서 문화교육은 그 내용을 확정 짓기도 어렵지만, 어느 정도의 시간으로 이루어질 수 있을지 가늠하기 힘들다. 특히 제도적으로 이루어지는 한국어교육과 같이 특정한 외국인을 한정된 시간 안에 가르쳐야 하는 상황에서는 그 내용과 방법을 심각하게 고려할 수밖에 없다. 이러한 문화교육의 어려움을 고려할 때 구체적인 문화 내용과 방법이 더욱더 활발하게 연구될 필요가 있다.

이에 이 연구에서는 한국의 고전 서사-설화, 고전소설 등-와 다양한 문화콘텐츠의 비교를 중심으로 문화교육의 내용을 탐색하고 제안하고자 한다. 문학 작품을 기반으로 한 문화교육의 가능성은 한국어교육과 다문화교육 관련 연구에서 이미 다수 제시된 바 있다. 이는 언어 교육의 주요 과제가 문화교육을 포함하고 있으며1), 문화교육은 문화의 총체적 상징물인 문학 작품을 통해 효과적으로 이루어질 수 있기 때문이다.

---

1) "한국에서의 경우, 지난 세기 90년대 이후, 외국어로서의 한국어 교육에서 관심을 보이기 시작한 언어와 문화의 관계는 이제 이 분야에서 빼놓을 수 없는 주요 과제가 되어, 이에 대한 연구가 폭을 넓히고 깊이를 더해 가고 있다. 여기에서는 효율적인 의사소통을 근본 목표로 하는 외국어 교육의 성격상, 언어에 반영된 문화의 실상이 관심의 주된 대상이 되어 있다. 이후 고조되기 시작한 언어와 문화에 대한 관심은 그 영역이 더욱 확대되어, 언어와 문화의 상관관계에 적극적인 관심을 기울이게 되었다. 여기 말하는 상관관계란 것은 언어와 문화의 상관적 특성과 함께, 언어에 문화가 반영되고, 문화에 언어가 반영되는 상호 작용을 의미하는 것으로, 이것은 소박한 말로 언어 속의 문화 그리고 문화 속의 언어로 구현됨을 말한다."(성기철, 「언어문화의 보편성과 개별성」, 『한국언어문화학』 1권 2호, 국제한국언어문화학회, 2004, 132쪽.)

한국의 고전 서사는 한국의 전통, 역사와 함께 문화를 드러내는 상징물이자 실체이다. 그래서 문화교육에서 한국의 고전 서사는 상호문화적 소통을 가능하게 하는 내용이자 교재가 될 수 있다. 어떤 문화권의 특성이 오롯이 나타난 것이 문학 작품이고, 문학 작품은 사회문화적 맥락 하에서 작가와 독자, 메시지의 상호작용으로 생산된 것이기에 다른 문화권의 문학 작품을 만나는 것은 문화를 총체적으로 학습하는 계기가 된다.

한국어교육에서 문화교육의 문제는 한국 문화의 확장이라는 의의가 있는 것이지만, 그것은 한국 문화와 차이가 있는 문화 주체에게 새로운 문화정체성을 형성하는 것이라는 점에서 상호문화적 관점이 필요하다. 다시 말해, 한국 문화교육이 한국의 문화를 일방적으로 전달, 주입하는 것이 아니라는 것이다. 문화교육은 문화 접촉, 문화 교류처럼 상호 소통적, 쌍방향적 성격을 지닌다. 그래서 서로 다른 문화의 주체가 언어나 문화를 학습할 때에는 상호문화적 관점이 필요하다.

이러한 상호문화적 관점의 필요성은 그간 한국어교육 연구에서 강조되어 왔다. 상호문화교육과 관련된 이론은 상호문화주의, 다문화교육에 대한 서구의 연구에서 많은 영향을 받았다.[2] 다문화주의나 다문화교육, 상호문화주의 등의 관점은

---

2) 김지혜, 「다문화 소설을 통한 상호문화교육 연구」, 서울대학교 대학원 박사학위논문, 2019, 9쪽.

근본적으로 다양한 문화적 배경을 지닌 주체들이 서로 다른 문화로 인해 갈등하지 않고 조화롭게 함께 살기 위한 것이라는 공통점을 지닌다. 문화교육에서 상호주의, 상호문화적 관점이 필요한 것은 한국어교육과 같이 문화적 바탕이 다른 주체가 한국어, 한국 문학, 한국 문화를 학습할 때의 정체성 혼란 문제를 해소할 수 있기 때문이다.

이 연구에서는 이러한 점에 착안하여 한국의 고전 서사와 문화콘텐츠의 유사성과 차이점을 바탕으로 상호문화적, 상호교섭적으로 문화교육의 내용을 마련하고자 한다. 문화교육은 서로 다른 문화의 만남을 전제로 하는 것이기에 자신의 문화와 학습 대상으로서의 타문화가 긍정적으로 소통, 교섭하도록 해야 한다. 한국 문화를 받아들이는 수용자, 독자, 학습자 등의 주체가 속한 문화적 기반이 한국 문화를 습득하는 데 영향을 끼치기 때문에 타문화로서의 한국 문화를 긍정적으로 받아들일 수 있도록 해야 하는 것이다.

고전 서사와 문화콘텐츠를 관련짓는 의의

한국어교육이나 문화교육을 위한 자료로 왜 문화콘텐츠, 그것도 고전 서사와 관련지어 문화콘텐츠를 다루고자 하는가? 이에 대한 대답은 우선 고전 서사가 가진 보편성과 확장성에서 찾을 수 있다. 우리의 고전 서사는 그 자체로 인간 삶의 보편적 문제를 다룬다는 가치를 지니고 있다. 환경적 제약을 지닌 사람의 성장, 사랑하는 사람과의 이별, 현실이 아닌 꿈을 꾸는 것 등 우리의 고전 서사는 사람이면 누구나 겪는 삶의 문제를 다룬다. 그래서 이러한 삶의 문제는 고전 서사를 통해 다른 문화권의 사람과도 공유될 수 있는 것이다.

다른 한편으로 우리의 문화콘텐츠 중에는 고전 서사를 직접적으로 활용하였거나 고전 서사와 관련성을 보이는 것들이 많다. 뿐만 아니라 세계 다른 나라의 문화콘텐츠와 한국의 고전 서사는 사람의 보편적 삶이라는 측면에서 서로 관련될 수 있다. 이는 우리 고전 서사의 확장성이면서 세계의 다양한 문화콘텐츠와 관련될 수 있는 상호성이자 확장성이라 할 수 있는 것이다.

또한 한국어교육이나 문화교육에서 고전 서사와 문화콘텐츠를 관련지음으로써 얻을 수 있는 이점은 학습자의 흥미와 동기 측면이다. 세계의 여러 나라 사람들이 한국 혹은 한국어에 관심을 갖게 되는 다양한 통로 중의 하나는 문화콘텐츠이다. 단적으로 한국의 드라마를 보기 위해 한국어를 배우고, 아니면 반대로 한국 드라마를 보면서 한국어를 배운다. 그래서 한국이라는 나라에 오고 싶어 하고 실제로 방문하는 것이다. 비단 우리나라 문화콘텐츠뿐만 아니라 외국의 다양한 문화콘텐츠 역시 마찬가지의 효과를 지닐 수 있다. 우리나라 고전소설, 설화를 중심으로 비교할 텍스트를 영화나 드라마와 같은 문화콘텐츠로 활용함으로써 훨씬 재미있고 쉽게 접근할 수 있으리라 본다.

한국어교육에서 문화교육의 내용 구안이나 방법을 생각해 보면, 학습자의 지향에 따라 다차원적으로 이루어져야 할 것이기 때문에 풍부한 교수-학습의 자료라는 측면에서 고전 서사와 문화콘텐츠가 의미를 지닐 수 있다. 단편적 언어 습득에서부터 깊이 있는 문화 이해까지 다양한 수준의 교육에 필요한 텍스트 자원으로서 고전 서사와 문화콘텐츠가 활용될 수 있는 것이다.

한국의 설화나 고전소설과 같은 고전 서사를 한국어교육, 문화교육에 활용하는 연구는 어느 정도 성과를 쌓았다고 할 수 있다. 그렇지만 이러한 연구들은 대부분 한국의 고전문학 작품, 현대문학 작품을 선택하여 어떻게 가르칠 것인지를 제시하고 있다는 점에서 고전 서사와 문화콘텐츠를 상호문화적으로 다루는 이 연구는 새로운 시도가 될 수 있을 것이다.

이러한 한국의 고전 서사와 다양한 문화콘텐츠의 비교를 통한 상호문화 이해 시도는 서로 다른 문화의 소통을 구체적 서사물을 중심으로 한다는 의의가 있다. 상호문화적 이해라는 목표는 매우 중요하고 의미가 큰 것이지만 한국의 문학 작품만을 잘 가르쳐서는 도달하기 어렵다. 이에 외국인 학습자가 자신이 기반으로 한 문화권에서 친숙함을 가질 수 있는 다양한 문화콘텐츠와 한국 고전 서사를 관련시킴으로써 문화 이해에 도달하는 방식은 상호문화교육을 실질화하는 것이라 할 만하다.

단 여기에서는 다양한 문화콘텐츠 양식 중에서도 영화와 드라마로 제한하여 다루고자 한다. 문화콘텐츠라는 개념에는 온오프라인 매체 전체가 포함되어 있고, 음악이나 공연, 광고나 게임까지 포괄되기 때문이다.

이런 관점에서 이 연구에서는 한국 고전 서사와 국내외 문화콘텐츠 비교를 통해 상호문화적 이해의 내용을 마련하고자 한다. 한국의 고전 서사와 국내외 문화콘텐츠의 유사성과 차이점을 분석한 결과는 상호문화적 이해가 필요한 주체들이 상호문화적으로, 그리고 상호 소통적으로 한국 문화를 이해하고 학습하는 데 긴요한 내용과 자료가 될 수 있을 것이다. 이러한 과정은 문학 작품과 문화의 보편성에서 출발하여 개별 문화의 특수성을 인지하고, 다른 문화에 대해 상대주의적 태도를 지니면서도 서로 다른 문화를 조화롭게 수용하게 하는 방법이 될 수 있으리라 기대한다.

상호문화콘텐츠의 개념

　'상호문화콘텐츠'라는 용어는 기존에 일반적으로 사용되던 것은 아니다. 이는 '상호문화'는 다문화 사회에 대한 관점인 '상호문화주의'와 관련이 있고, '문화콘텐츠' 혹은 '콘텐츠'는 정보의 내용이나 자료를 의미하는 개념이기 때문이다.3) 여기서 사용하는 상호문화콘텐츠라는 용어의 의미를 상세히 풀어서 표현하자면 '상호문화적 이해에 도달하는데 필요한 혹은

---

3) 이제까지 논의된 문화콘텐츠의 개념과 관련 이론에 대해서는 『고전소설과 문화콘텐츠』(서유경, 박이정, 2021.)에서 정리한 바 있다. 문화콘텐츠라는 개념은 많은 분야에서 포괄적으로 사용되면서 모든 종류의 문화 양식과 매체 양식을 지칭하는 것으로 보인다. 문화콘텐츠의 의미는 분야에 따라 다르기도 하지만 매체 변화와 문화 변화에 따라 구체적인 지시 의미는 달라져 왔다고 할 수 있으며 앞으로도 달라질 것이라 할 수 있다.

활용될 수 있는 문화콘텐츠'라 할 수 있다. 다시 말해 여기서 상호문화콘텐츠라는 용어는 상호문화주의 관점에 기반한 문화콘텐츠의 활용이라는 의미를 압축적으로 표현한 것이라 할 수 있다.

상호문화콘텐츠와 유사한 용어로 '상호문화교육콘텐츠'와 '상호문화영화'를 들 수 있다. 상호문화교육콘텐츠는 상호문화라는 관점에서 문화교육을 하기 위한 콘텐츠를, 상호문화영화는 상호문화를 다루는 영화이다. 상호문화교육콘텐츠와 상호문화영화의 개념에 대한 다음 설명을 살펴보도록 한다.

(가) 상호문화교육콘텐츠는 개인이 가진 문화와 경험의 차이를 교류하고 상호작용하는 사회적 학습을 강조하는 교육콘텐츠이다. 그래서 상호문화교육콘텐츠는 집단의 문화를 가르치는 것이 아닌 개인 간의 만남과 타인과의 관계를 가르치는 데 초점이 있다. … (중략) … 각각의 문화가 상호 소통함으로써 서로의 의미구성에 영향을 미치는 상호주관성을 지닌 주체인 것이다. 따라서 상호문화교육콘텐츠의 목표는 문화적 다양성에 대한 인정, 인간에 대한 이해와 존중을 바탕으로 지적, 태도적, 가치적(윤리적) 측면에서 문화 간 소통과 관계형성의 능력으로서 상호문화능력(intercultural competence)을 기르는 것으로 볼 수 있다.[4]

(나) 상호문화영화는 상호문화주의의 개념을 바탕으로 기존

의 다문화영화가 가진 보편적이고 일반적인 장르적 특징을 다시 개념화한 명칭이다. 상호문화영화에 대한 학술적 논의는 이제 시작 단계에 있다. 따라서 상호문화영화의 개념은 기존에 한국의 문화 혼종을 순화하여 표현하는 신조어인 '다문화'와 '영화'가 합쳐진 '다문화영화'에 대한 연구들을 짚어보아야 도출이 가능하다. … (중략) … 다문화영화의 개념을 설피게 정의해보면, 이방인이 주인공으로 등장하여 주요한 서사를 이끌어가고, 다문화사회라는 특정 환경에서 발생하는 문제를 다루는 영화이다. … (중략) … 다문화영화를 상호문화영화로 전환한다는 것은 상호문화적 가치를 추구하는 '상호문화적 렌즈'로 영화를 본다는 것을 의미한다. 다문화영화에 비해서 개념적으로 아직 확립되지 못한 상호문화영화는 앞서 서술한 다문화영화의 개념과 각종 영화제의 기획 의도를 살펴보는 과정을 통해 그 의미를 선명하게 다잡아갈 수 있다.

(가)에서 볼 수 있듯이 상호문화교육콘텐츠는 개인이 가진 문화의 차이를 교류하고 상호작용함으로써 교육이 이루어지도록 하는 교육용 콘텐츠로 정리할 수 있다. 달리 말하자면 상호문화교육을 위한 교수 - 학습용으로 제작된 교육 콘텐츠인 것이다. 그래서 상호문화교육콘텐츠는 '상호문화교육'과

---

4) 김한식, 「노인 다문화 인식 개선을 위한 상호문화교육콘텐츠 방안 연구」, 『교육문화연구』 22권 5호, 인하대학교 교육연구소, 2016, 343쪽.

'콘텐츠'의 조합이라기보다는 '상호문화'와 '교육콘텐츠'의 결합이라 할 수 있을 것이다.

그런데 여기서 유의해서 보아야 할 설명은 상호문화교육은 '집단'이 아닌 '개인'과 '개인'의 '관계'에 대한 교육이라는 것이다. 기존의 다문화주의나 문화상대주의보다 더욱 세밀한 개인적 관계에 초점을 맞추어 서로 다른 문화를 이해할 수 있도록 하는 일련의 교육을 상호문화교육이라고 정의했다고 이해할 수 있다. 그리고 상호문화교육콘텐츠는 이러한 관점으로 이루어지는 교육을 위해 제작되고 활용되는 각종 콘텐츠라 할 수 있다.

이에 비해 상호문화영화는 특정한 영화 장르와 관련이 있는 것으로 보인다. (나)에서 설명하고 있듯이 "상호문화영화는 상호문화주의의 개념을 바탕으로 기존의 다문화영화가 가진 보편적이고 일반적인 장르적 특징을 다시 개념화한 명칭"이어서 영화의 하위 갈래로 이해할 수 있다. 그러면서 "이방인이 주인공"으로 "다문화사회라는 특정 환경에서 발생하는 문제"가 드러나는 영화라는 영화의 내용 특성을 기준으로 한 유형적 개념인 것이다.

이러한 개념 정의에 따르면 상호문화영화와 상호문화교육콘텐츠는 분류상 다른 영역을 가리키는 개념이라 할 수 있다. 상호문화영화는 영화라는 영역의, 상호문화교육콘텐츠는 교육용 콘텐츠 영역의 특징적인 한 갈래인 것이다. 상호문화영화와 상호문화교육콘텐츠가 혹시 관련될 수 된다면 상호문화영화가 상호문화교육콘텐츠에 활용되는 자료가 될 수는 있을 것이다. 상호문화교육콘텐츠라는 교재에서 활용되는 여러 갈래의 영화 중 하나가 상호문화영화일 수 있기 때문이다.

한편 여기서 생각해 보아야 할 부분이 '상호문화'와 '상호문화교육'이 지닌 의미이다. 상호문화라는 용어는 단순히 다양한 문화 속의 개인이 아니라 개인이 접하는 그리고 개인과 개인이 만나는 문화 간의 상호작용에 대해 강조점을 둔다. 이는 문화상대주의와 같이 문화적 기반이 다른 문화 주체가 다른 문화에 대해 단순히 이해의 대상으로 삼거나 수동적으로 수용하는 것에 그치지 않아야 된다고 본다. 그래서 주체와 주체, 문화와 문화가 서로의 공통점과 차이점을 알고 역동적으로 상호작용하여 한 문화의 구성원이 되고 그 문화를 형성하는 것이 더욱 중요함을 표방하는 관점이다. 그리고 자신이 갖고 있던 기존의 문화를 그대로 받아들이거나 거부하는 것이 아니라 자신의 문화와 자신이 받아들여야 할 문화를 함께 수용하여 새로운 문화정체성을 가질 수 있도록 하는 관점이다.

사실 자신의 문화 속에서 살지 못하고 외국인으로서 중심문화에서 동떨어져 소외된 듯한 위치에서 살아가야 하는 구성원의 입장에서는 자신이 접할 새롭고도 생경한 문화에 대해 어떻게 수용해야 할지 고민스러울 수밖에 없다. 그래서 다문화 사회에서는 새로이 유입된 사회 구성원이 기존의 사회 구성원과 원활하게 소통하고 살아갈 수 있도록 방법을 강구할 필요가 있다. 마찬가지 맥락에서 기존의 구성원이 새로운 구성원을 어떻게 포용하고 함께 살아갈지 그 태도와 인식 등에 대해서도 사회적 방안이 제시될 필요가 있다. 이러한 측면에서 상호문화주의 관점은 다문화주의나 문화상대주의의 한계를 보완할 수 있는 대안적 방법일 수 있다.

그런데 이러한 상호문화주의 관점을 형성하는 과정은 '교육'이라고 지칭되지 않는 영역까지 포괄할 수 있어야 한다. 다시 말해 상호문화적 이해는 사회 정책과 제도 차원에서뿐만 아니라 생활 문화 영역 차원에까지 아우르는 것이어야 하는 것이다. 이러한 점에서 단지 상호문화교육이라고 표현하기에는 부족함이 있다.

이와 마찬가지로 상호문화교육콘텐츠라는 용어 역시 상호문화주의와 상호문화교육 전체를 포괄하지 못하는 문제가 있다. 이에 이 글에서는 상호문화적 이해를 위한 문화콘텐츠라는 의미로 상호문화콘텐츠라는 용어를 사용하기로 한다. 다시 말해 상호문화교육콘텐츠보다 더욱 확장적 의미를 지니는 상호문화콘텐츠라는 용어를 사용하고자 한다. 이런 의미에서 상호문화콘텐츠는 상호문화 이해를 위해 활용 가능한 모든 종류의 콘텐츠라 할 수 있겠다.

상호문화적 이해와 대화성

　상호문화주의는 다문화 사회에서의 정책 혹은 태도의 기반
이 되는 철학이라고 할 수 있다. 다문화라는 개념은 한 사회
내에 존재하는 여러 문화가 생기면서 그런 현상을 지칭하는
것에서 시작되었다면, 상호문화라는 개념은 한 사회 내에 존
재하는 다양하고 이질적인 문화들의 관계에 주목하고 바람직
한 지향성을 드러내는 당위를 내포하고 있다.5) 다시 말해 다

---

5) 최현덕은 이에 대해 "개념적 측면에서 볼 때, '다문화성' 개념이 여러 문
　화의 존재를 현상적으로 기술하는 개념이라면, '상호문화성' 개념은, 여
　러 문화가 존재한다는 사실에서 더 나아가, 이들의 상호적 관계성을 개
　념 자체 속에서 표현한다는 점에서, 현상 기술을 넘어서서 당위적 지향
　성을 표현하는 개념이라고 할 수 있다."라고 설명한 바 있다(최현덕, 「경
　계와 상호문화성 - 상호문화 철학의 기본 과제」, 『코기토』 66, 부산대학

문화라는 용어는 한 사회 속에 여러 문화들이 함께 존재하는 상태를 기술하는 용어인데 비해, 상호문화라는 개념은 그러한 여러 문화들이 서로 소통하며 변화해 가는 적극성을 지니고 있는 것이다.6)

상호문화와 다문화의 개념적 차이에 대한 다른 방식의 설명은 다문화주의가 다른 문화에 대한 상대주의적 관점에 그치는 한계를 지니지만 상호문화는 문화 간 상호작용에 주안점을 두고 다양한 문화를 서로 이해하고 변화해 가는 긍정성을 지닌다는 것이다. 이는 문화상대주의가 상대 문화에 대해 인정해 주는 데에 그치고 그러한 문화를 수용하거나 서로 변화하는 데까지 이르지는 못하는 것에 대한 비판적 대안으로 등장한 관점이 상호문화주의임을 말해 준다.

다문화 사회에서 상호문화적 관점 혹은 상호문화적 이해가 필요하고 중요한 것은 한 사회 내에서 서로 다른 문화 사이에 있을 수 있는 갈등과 배제, 경계를 허물 수 있는 방법이 될 수 있기 때문이다. 이러한 이유에서 상호문화적 이해를 가능

교 인문학연구소, 2009, 309-310쪽).

6) 최현덕은 이렇게 설명한다.

"다문화성 개념은 이론적으로나, 실제에 있어서나 여러 문화들이 서로 간의 별 연결 없이 단지 병존하고 있는 상태의 기술에 머무르는 경우가 많은 반면, 상호문화성 개념은 서로를 변화시켜가며 살찌우는 대화적 교류, 서로 간에 존재하는 경계와 장애물을 극복하려는 과정에 대한 적극적 표상을 함축하고 있다는 것이다."(최현덕, 위의 글, 309-310쪽.)

하게 하는 과정으로서의 상호문화교육은 상호문화적 이해와 동일한 의미를 지닌다고 할 수 있다.

그런데 한 사회 내에 존재하는 다양한 여러 문화를 지칭하는 다문화 현상을 문학 작품 속으로 가져가 보면 미하일 바흐친(Mikhail Bakhtin)이 제시한 다성성, 대화성 개념과 관련지어 볼 수 있다. 다성(Polyphony)은 원래 음악에서 사용된 것인데 바흐친이 소설을 분석하면서 사용한 개념이다.[7]

바흐친은 소설 속에 존재하는 여러 목소리, 즉 다성성에 주목하고 문학 작품이든 문화이든 각 주체가 대화적 관계를 가진다고 보았다. 그래서 나와는 다른 것, 다른 대상, 다른 주체에 대해 대화를 통해 역동적으로 상호작용하고 서로 포용하며 변화하여 새로운 문학, 문화를 만들어 나가는 것으로 보고 있다.[8] 이를 상호문화적 관점과 관련시켜 보면 바흐친의 다

---

7) "'다성' 혹은 '다성적 소설'이라는 용어는 특히 미하일 바흐친(Mikhail Bakhtin)이 도스토예프키 소설에 관한 저작에서 중요하게 사용하였다. 다성은 원래 퓨그, 캐논, 대위법과 같이, 여러 가지 멜로디가 각자 독립성을 유지하면서도 전체적으로 조화를 이루는 음악형식이다. 바흐친은 음악의 비유를 사용하여, 저자가 특권적 위치를 차지하지 않고, 등장인물과 동등한 입장에서 대화적으로 상호작용하는 방식의 소설을 '다성적 소설'이라고 지칭하였다."(문학비평용어사전, 2006. 1. 30., 한국문학평론가협회, 네이버지식백과,

   https://terms.naver.com/entry.naver?docId=1529773&cid=60657&categoryId= 60657)

8) 김영숙, 「바흐친과 다문화사회 담론」, 『노어노문학』 24, 한국노어노문학회, 2012, 109쪽.
   김영숙은 여기서 "바흐친의 나와 타자의 이상적인 공존 모델은 대화, 책

성성 개념에서 도출된 대화적 관계의 가능성은 다문화 사회에서 상호작용적 관계로 적용할 수 있다.

한편 이러한 문화적 다양성에 대한 인정과 한 공동체 내에 있는 다양한 구성원 간의 해결에 대해 의사소통 맥락에서 상호문화역량과 관련지은 논의도 있다.[9]

인간의 문제는 '사이'의 문제이다. 인간은 홀로 존재하는 것이 아니라, 언제나 더불어 존재한다. 특히 부버는 인간 사이의 관계를 중요시하며, 인간은 서로 연결되어 있음을 강조하였다. 대화적 관계를 통해서 '나'와 '너'가 만날 때 진정성을 획득할 수 있으며, 타자를 인정하고 포용할 수 있다. 이러한 구체적이고 상호적인 포용 경험이 진정한 대화적 관계를 만드는 것이다.

대화적 관계는 중립성이 아니라 연대성이고, 서로를 위해서 존재하는 것이며, 살아있는 상호성이자 생생한 상호작용을 하게

임, 사랑이라는 세 단어로 요약될 수 있다. 사회 속에 존재하는 각 개인은 홀로 독립하여 존재하는 것이 아니라 서로 상대방의 의식과 목소리를 반영하며 이들과 항상 대화적인 관계를 유지하고 있다. 바흐친은 인간 개개인뿐만 아니라 우리들의 삶의 표현인 문화도 서로 접촉하고 갈등하고 대화하는 역동적인 상호작용을 함으로써 일종의 타협점을 모색하게 되고 이를 통해 자문화중심주의라는 편협한 굴레에서 벗어나 개방적이고 창조적이며 풍요로운 의미를 지니는 문화를 소유하게 된다고 보았다."라고 정리하고 있다.

9) 최승은, 「다문화 사회의 타자와 윤리적 실천: 상호문화교육에 관한 철학적 고찰」, 한국언어문화교육학회 제29차 추계 전국학술대회, 2019, 93-103쪽.

한다. 이는 관계에서 어느 한 쪽의 인식과 책임을 뜻하는 것이 아니라, 공동의 인식과 책임, 그리고 공동의 과제를 말한다.[10]

서로 다른 문화의 주체가 대화적 관계를 갖고 상호작용한 다면 상호문화주의가 지향하는 것에 다가갈 수 있을 것으로 보인다. 이렇게 바흐친이 언어나 문화에 대해 그 혼종성에 주 목하고 문학이나 문화가 발전해 온 과정을 설명한 방식을 통 해 다문화 사회의 주체가 지닐 바람직한 태도와 주체 간의 관 계를 발견할 수 있을 것이다. 상호문화주의에서 주목하고 강 조하는 상호성 역시 '사이'를 의미하는 'inter'와 관련이 있다는 점에서 바흐친과 관련지을 수 있다.

한편 김영숙[11]은 다문화 사회에 대한 분석에 바흐친의 관 점을 적용할 수 있는 방법론을 제시한다. 이는 다문화 사회가 지닌 혼종성에 대해 사회의 기반이 되는 세계관의 문제로 접 근하는 것이다. 다문화 사회라는 문제에 접근하는 한 방법으 로서 바흐친의 관점이 지닌 유용성은 대화성이라는 적극적이 고 상호작용적 시각에서 바흐친이 제시한 나와 타자가 함께 살아갈 방법을 다음과 같이 정리한다.[12]

---

10) 최승은, 「상호문화교육의 관점에서 본 초등교사의 음악교육 경험에 관 한 연구」, 인하대학교 박사학위논문, 2015.
11) 김영숙, 위의 글, 107-130쪽.
12) 김영숙, 위의 글, 109쪽.

그렇다면 나와 타자는 어떤 방식으로 공존해야 하는가? 바흐친의 나와 타자의 이상적인 공존 모델은 대화, 책임, 사랑이라는 세 단어로 요약될 수 있다. 사회 속에 존재하는 각 개인은 홀로 독립하여 존재하는 것이 아니라 서로 상대방의 의식과 목소리를 반영하며 이들과 항상 대화적인 관계를 유지하고 있다. 바흐친은 인간 개개인뿐만 아니라 우리들의 삶의 표현인 문화도 서로 접촉하고 갈등하고 대화하는 역동적인 상호작용을 함으로써 일종의 타협점을 모색하게 되고 이를 통해 자문화중심주의라는 편협한 굴레에서 벗어나 개방적이고 창조적이며 풍요로운 의미를 지니는 문화를 소유하게 된다고 보았다.

이렇게 상호문화주의 혹은 상호문화교육과 바흐친의 다성성 개념이나 대화성 이론을 관련시킨 연구를 살펴보았다. 개별 서사 작품에 대한 바흐친 이론의 적용이나 상호문화적 접근13)은 앞으로 실제 고전 서사와 문화콘텐츠를 분석하는 과정에서 참조하기로 하겠다.

---

13) 예를 들어 다음과 같은 연구가 있다.
안혜진, 「〈수호전〉의 카니발 이론에 대한 적용 가능성 고찰: 바흐친의 카니발레스크를 중심으로」, 『비교문학』 62, 한국비교문학회, 2014.; 이서라, 「문화콘텐츠의 생산과 수용에 관한 대화성 연구-드라마 〈응답하라〉 시리즈를 중심으로」, 건국대학교 대학원 박사학위논문, 2017.; 주송현, 「한국 탈춤에 나타난 바흐친의 카니발레스크 양상 연구」, 한양대학교 대학원 박사학위논문, 2018 등.

상호문화콘텐츠 관련 선행 연구

이 연구에서 제안하는 고전 서사와 문화콘텐츠를 활용한 상호문화적 이해와 관련된 선행연구는 문화교육 분야에서 찾아볼 수 있다. 한국어교육이나 문화 연구, 철학 연구에서 상호문화주의와 문화콘텐츠에 대한 이론적, 실제적 논의가 이루어져 왔다. 한국어교육 분야에서 논의된 상호문화교육 관련 연구, 문화교육 내용과 관련된 고전 서사 연구 혹은 문학 작품을 문화교육에 활용하는 내용이나 방법에 대한 연구 등이 그것이다. 포괄적인 범위에서는 '한국문화론'이나 '언어문화교육론', '한국 현대 문화' 등14) 외국어로서의 한국어교육 분야에

---

14) 이러한 참고 자료로 다음 몇 가지를 들 수 있다.

이선이, 『(외국인을 위한) 한국 현대 문화』, 한국문화사, 2007; 박영순,

서 저서로 제시된 자료를 참고할 수 있다. 그런데 이들 저서는 개괄적 차원에서 문화교육의 내용과 문화론을 다루었기 때문에 구체적이고 실질적인 문화교육의 내용을 얻기에는 한계가 있다.

상호문화교육 관련 연구들은 한국어교육 분야15)나 교과교육 혹은 교육철학 분야16)에서 볼 수 있다. 이들 연구는 상호주

『(한국어 교육을 위한)한국문화론』, 한국문화사, 2006; 박영순, 『다문화 사회의 언어문화교육론』, 한국문화사, 2007; 이승재, 『신화와 문화』, 한국문화사, 2010 등.

15) 이러한 연구들로 다음을 들 수 있다.
오영훈, 「다문화교육으로서 상호문화교육 : 독일의 상호문화교육을 중심으로」, 『교육문화연구』 2, 인하대학교 교육연구소, 2009.; 김수진, 「문화간 의사소통능력 신장을 위한 한국문화교육 방법 연구」, 한국외국어대학교 대학원 박사학위 논문, 2010.; 이화도, 「상호문화성에 근거한 다문화교육의 이해」, 『비교교육연구』 21, 5호, 한국비교교육학회, 2011.; 정창호, 「다문화교육의 반성적 기초로서의 상호문화철학」, 『교육의 이론과 실천』 22, 3호, 한독교육학회, 2017.; 이준영, 「상호문화성에 기반한 문학 독서교육」, 『한국언어문화학』 12, 2호, 국제한국언어문화학회, 2015.; 김예리나, 「학습자 경험을 활용한 한국어 상호문화교육 연구」, 서울대학교 대학원 석사학위 논문, 2018 등.

16) 이러한 연구로 다음을 들 수 있다.
장한업, 「문화교육의 철학적 기반에 대한 고찰 - 상호주관성과 상호문화성을 중심으로 -」, 『교육의 이론과 실천』 21, 2호, 한독교육학회, 2016.; 박경숙, 「독일의 상호문화교육과 우리나라 다문화교육에 관한 비교연구 : 초등학교를 중심으로」, 경기대학교 교육대학원 석사학위 논문, 2013.; 안희은, 「상호문화주의에 기반한 한국어교육 정책 연구」, 부산대학교 대학원 박사학위 논문, 2015.; 박종대, 「한국 다문화교육정책 사례 및 발전 방안 연구 : 상호문화주의를 대안으로」, 한국외국어대학교 대학

의에 바탕한 문화교육으로서 상호문화교육론을 본격적으로
다룬 것이라 할 수 있다. 이러한 연구는 주로 다문화 사회로
변화해 가는 한국 사회에서 외국인 학습자를 대상으로 어떻
게 문화를 교육할 것인가를 논의하고 있다.

한편 교육학 차원에서 상호문화교육론의 철학이나 정책을
논의한 연구들은 상호문화교육론이 나오게 된 배경, 철학적
역사, 이론적 개념 등을 다루거나 국가 차원에서 다문화 사회
에 어떻게 대응할 것인지를 제시하고 있다. 이들 연구는 상호
문화교육에 대한 이론적 배경이나 정책을 제안하고 있어 거
시적 차원에서 문화교육에 대한 관점을 얻을 수 있다.

고전 서사 작품을 선택하여 연구하거나 문학 작품을 문화
교육에 활용하는 연구의 경우17), 보다 구체적으로 문화교육

원 박사학위 논문, 2017.; 이경희, 「다문화사회 교육의 두 관점 - 다문화
교육과 상호문화교육」, 『다문화교육』 2권 1호, 2011.; 허영주, 「보편성과
다양성의 관계 정립을 통한 다문화교육의 방향 탐색」, 『한국교육학연구
(구 안암교육학연구)』 17권 3호, 안암교육학회, 2011 등.

17) 이들 연구로 다음을 들 수 있다.
    연선자, 「판소리를 활용한 한국 문화교육 방안 연구」, 한국외국어대학
    교 교육대학원 석사학위 논문, 2008.; 쭝후아동, 「"심청" 과 "뮬란" 비교를
    통한 한국 효문화 교육 연구」, 선문대학교 대학원 석사학위 논문, 2014.;
    정선희, 「국문장편 고전소설을 활용한 한국문화교육 방안 연구」, 『한국
    고전연구』 41, 한국고전연구학회, 2018.; 정선희, 「외국인을 위한 한국
    문화·가치관 교육 제재 확장을 위한 시론 -〈숙영낭자전〉을 중심으로-」,
    『한국고전연구』 27, 한국고전연구학회, 2013.; 김명희, 「'신데렐라형' 설
    화를 활용한 한국 문화교육 방법」, 제주대학교 교육대학원 석사학위 논

의 내용이나 방법을 살필 수 있는 의미가 있다. 특히 주목되는
바는 이들 연구는 속담과 같은 짧은 텍스트에서부터 국문 장
편소설에 이르기까지 매우 다양한 작품, 하위 양식을 구체적
으로 선정하여 문화교육의 가능성과 방법을 논의했다는 것이
다. 한편 한국 문화에 대한 교육 내용으로 다루어져야 할 요소
를 찾아 이를 위한 교육 자료로 고전문학 제재를 활용한 연구
도 있다.18) 이는 문학 작품 분석에서 문화교육의 내용을 찾는
방식이 아니라 역으로 문화교육의 내용 요소를 충족시키는
문학 작품 분석을 제시했다는 의의가 있다.

　상호문화교육 연구의 초기에는 상호문화교육의 개념이나
이전의 다문화교육과의 차별성을 중심으로 논의되었다면 이
후로는 교육 내용, 교육 방법 등으로 구체화되었다 할 수 있
다. 그중에는 상호문화역량이라는 능력 개념으로 접근한 연
구도 있다.19) 상호문화역량은 문화적 상호작용이 필요한 사

문, 2014.; 파테메 유세피, 「야담을 통한 한국 문화의 특성 분석」, 『한국
글로벌문화학회지』 6, 한국글로벌문화학회, 2015.; 윤여탁, 「문학 작품
을 활용한 한국어 문화교육 연구」, 『한국언어문화학』 10, 2호, 국제한국
언어문화학회, 2013.; 안미영, 「한국어 교육에서 설화 문학을 활용한 문
화 교육 : '선녀와 나무꾼'을 통해 본 한국의 문화」, 『정신문화연구』 31권
4호, 한국학중앙연구원, 2008 등.

18) 김혜진, 김종철, 「상호 문화적 능력 향상을 위한 한국의 '흥' 이해 교육
연구 - 고전 문학 제재를 중심으로-」, 『한국언어문화학』 12권 1호, 국제
한국언어문화학회, 2015.

19) 이병준, 한현우, 「상호문화역량의 개념 및 구성요소에 관한 연구」, 『문화

회에서 요구되는 역량이라고 할 수 있다. 최근에는 상호문화적 감수성[20] 함양을 목표로 삼아 문화교육에 접근하기도 한다. 앞으로 문화교육의 주제는 더욱 다양하게 세분화될 것으로 보인다.

예술교육연구』 11권 6호, 한국문화교육학회, 2016.
위 연구는 상호문화역량이라는 개념을 검토, 분석하면서 상호문화역량이라는 개념이 단지 상호문화교육의 영역이 아니라 상호문화적 시각이 필요한 모든 영역, 예를 들면 복지나 간호 행정과 같은 직업 분야에서도 필요하다고 보고 상호문화역량은 상호문화의사소통역량이라 할 수도 있다고 하였다. 그리고 다문화역량과 상호문화역량의 차이를 짚으면서 "상호문화의사소통역량은 언어적 의사소통과 비언어적 의사소통 모두를 포함하며 의사소통 과정에는 서로 간의 이해와 존중이 바탕이 된다. 상호문화역량의 이러한 특성은 타자에 대한 인정을 강조하는 다문화역량과는 근본적인 차이를 가진다."(3쪽)고 하였다.
20) 장현정, 「상호문화적 감수성(Intercultural Sensitivity) 함양을 위한 소설교육 방안」, 인천대학교 교육대학원 석사학위 논문, 2019.; 김정은, 「아시아 열두 띠 설화의 동물 표상을 활용한 상호문화 감수성 신장의 문화교육 -이주민 구술설화 자료를 중심으로」, 『구비문학연구』 60, 한국구비문학회, 2021 등.

비교 분석 단위로서의 이야기

한국의 고전 서사와 동서양 문화콘텐츠를 비교하고 상호문
화적으로 접근하기 위해서는 비교, 분석할 수 있는 이야기의
단위가 있어야 한다. 아주 큰 단위로는 이야기의 주제 차원에
서 비교할 수도 있고, 전체 이야기의 하위 요소로 이야기 요소
즉 화소나 모티프를 비교할 수도 있다. 이는 한국의 고전 서사
나 모든 종류의 문화콘텐츠가 이야기를 바탕으로 만들어지는
속성이 있기 때문이다. 다시 말해 이들 갈래는 이야기라는 공
통 속성을 지니지만, 설화, 소설, 각종 문화콘텐츠 등의 다른
양식으로 재현된 것이라 할 수 있다.

그리고 이러한 이야기라는 속성은 작품 속 인물의 성격이
나 사건과 관련되기도 한다. 이에 이 글에서는 서로 다른 서사
텍스트라 할 수 있는 고전 서사와 문화콘텐츠를 비교하기 위

해 이야기를 대상으로 분석하고자 한다.

이를 위해 우선 우리 비교 기준이 되는 고전 서사 작품에서 이야기 요소를 추출, 정리할 것이다. 이는 상호문화콘텐츠와의 비교를 위한 것이다. 고전 서사에서 정한 이야기 요소는 전체 서사의 요약, 정리일 수도 있고, 모티프와 같은 하위 서사 요소일 수도 있으며 특정 인물의 기능일 수도 있다. 이러한 이야기 요소는 고전 서사와 상호문화콘텐츠의 비교 단위가 될 것이다. 이는 한편으로 고전 서사를 문화원형으로 활용하는 의미를 지니기도 한다. 고전 서사와 상호문화콘텐츠의 비교라는 관점에서 보면 기준 서사로서의 고전 서사는 문화 원형이 되는 것이다.

또한 이렇게 고전 서사에서 이야기 요소를 정리할 필요가 있는 것은 상호문화교육에서 자료로 활용하기 위해서는 정리된 이야기가 있어야 하기 때문이다. 상호문화교육이 이루어지기 위해서는 상호문화교육이라는 교육 목표를 달성할 수 있는 교수-학습 자료로서 교재가 필요하다. 이때 고전 서사와 상호문화콘텐츠의 이야기 요소 자료, 그리고 작품 자료는 상호문화교육의 교재가 될 수 있는 것이다.

이에 고전 서사와 상호문화콘텐츠를 다루는 장에서 각 작품의 주요 서사를 재구성하여 정리하고자 한다. 고전 서사 작품만 하더라도 실제 한국어교육이나 문화교육 상황에서 그대로 활용하기는 어렵겠다는 판단 때문이다. 그리고 영화 등의 상호문화콘텐츠 역시 영상을 활용한다 하더라도 전체 서사를 정리하는 단계가 다시 필요하고, 고전 서사와 상호문화콘텐츠를 비교하는 활동을 위해 전체 서사의 골격을 파악해야 하기 때문이다. 여기서 정리한 이야기를 바탕으로 한국어교육이나 문화교육을 위한 수업에서 활용할 수 있을 것으로 보인다.

2

고전 서사와 문화콘텐츠의 상호문화성

신분이나 지위가 낮은 사람이 영웅적 활약을 펼치는 이야
기들이 있다. 이러한 이야기에는 어떤 인물이 원천적으로 갖
고 있던 결함이나 결핍 요소를 채울 수 있는 계기를 얻어 영웅
적 인물로 변모하는 과정이 드러난다.21) 영웅적 인물이 되는

---

21) 이러한 영웅 이야기의 모습은 소위 영웅 일대기라는 구조로 자리 잡아
오랫동안 전승되어 왔다. 영웅 일대기 구조에 대해서는 조동일이 정리
한 바 있다(조동일, 「영웅소설 작품구조의 시대적 성격」, 『한국학논집』
4, 계명대학교 한국학연구원, 1976.). 여기서 제시된 '영웅의 일생'이 지
니는 단락은 다음과 같다.
1. 고귀한 혈통을 지니고 태어났다.
2. 비정상적으로 잉태되거나 출생했다.
3. 범인과는 다른 탁월한 능력을 타고났다.
4. 어려서 기아가 되어 죽을 고비에 이르렀다.

주인공은 비범한 능력을 획득하거나 원천적 문제를 해결할 기회를 얻어 그러한 신분이나 지위의 제약, 결핍으로 인한 한계를 벗어날 수 있게 되는 것이다.

이렇게 원래는 보잘것없었던 인물, 신분이 비천한 인물, 형편이 가난하여 제대로 된 삶을 살지 못했던 인물이 비범한 혹은 초월적 능력을 얻어 발휘하며 영웅적 행위를 하는 이야기들은 다양한 양상으로 전 세계적으로 존재한다. 이는 세계 어디에서나 많은 사람들이 이러한 영웅 이야기를 즐거워하기 때문이라 할 수 있다. 미천한 신분으로 태어나거나 사회적으로 약자였던 사람이 어떤 능력이나 기회를 얻어 대내외적으로 영웅적 활약을 하는 이야기는 비슷한 처지에 있거나 문제를 가진 사람들에게 주는 소망과 즐거움이 매우 클 것이다.

여기서는 우리 고전 서사 작품, 국내외 문화콘텐츠들을 차례로 살펴보고, 상호문화성을 탐색해 보기로 한다. 고전 서사 작품들과 국내외 문화 콘텐츠들에서 영웅 이야기가 펼쳐지는 양상을 살펴보고, 이들 이야기에서 어떻게 상호문화적 이해에 도달할 수 있을지 알아보기로 한다.

---

5. 구출양육자를 만나서 죽을 고비에서 벗어났다.

6. 자라서 다시 위기에 부딪혔다.

7. 위기를 투쟁으로 극복해서 승리자가 되었다.

1) 고전 서사 살피기

이러한 영웅 이야기로 우리 한국의 고전 서사에서는 〈온달〉 이야기와 고전소설 〈홍길동전〉, 〈전우치전〉 등을 들 수 있다. 우선 이들 작품의 주요 내용을 살펴보도록 하자.

■ 〈온달〉

〈온달〉[22] 이야기는 구비 전승되는 것도 있고, 『삼국사기』 등에 기록되어 전하는 것도 있다.[23] 문헌 자료나 구비 전승되는 〈온달〉 이야기는 각편에 따라 주제 의식이 다양하게 나타나기도 한다.[24] 여기에서는 『삼국사기』 자료를 바탕으로 〈온

---

22) 〈온달〉 이야기는 『삼국사기』 제45권 열전 부분에 수록되어 있다. 여기서 참고한 자료는 '김부식 저, 박장렬 외 역, 『원문과 함께 읽는 삼국사기』, 한국인문고전연구소, 2012.'이다.
https://terms.naver.com/list.naver?cid=62145&categoryId=62145
여기에서 인용하는 자료도 이 글임을 밝혀둔다.

23) 일찍이 최운식은 온달 이야기의 전승 양상을 문헌 자료와 구전 자료별로 살핀 바 있다(최운식, 「온달설화의 전승 양상」, 『청람어문교육』 20권 1호, 청람어문학회, 1998.). 최운식은 문헌에 전하는 온달 이야기를 『삼국사기』, 『신증 동국여지승람』, 『명심보감』을 중심으로 살피고, 구비 설화와 문헌 설화의 차이를 비교하기도 하였다.

24) 최지선은 문헌 설화로는 『삼국사기』에 수록된 〈온달전〉을, 구비 설화로 전승되는 온달 관련 이야기로는 '온달' 이름으로 전승되는 설화, '바보온

달) 이야기의 주요 서사를 다음과 같이 재구성하였다.

온달은 고구려 평강왕 때 사람이다.[25] 그의 외모는 보잘것 없었지만 마음씨는 훌륭했다. 집안이 매우 가난하여 밥을 빌어 어머니를 봉양하였는데, 다 떨어진 옷을 입고 걸치고 다니니 사람들이 그를 '바보 온달'이라고 하였다.

평강왕은 어린 딸이 자주 울어서, 그럴 때마다 바보 온달과 결혼해야 하겠다고 말하였다. 그런데 그 공주가 16세가 되어 고씨와 결혼시키려고 하니, 공주는 왕이 늘 바보 온달과 결혼하라고 했다고 하며 거절했다. 왕은 화가 나서 나가라고 하니 공주는 궁궐을 나와 온달을 찾아갔다.

공주가 온달의 집에 와서 보니 눈먼 그의 어머니가 있었다. 공주가 온달이 어디 있는지 물으니 온달의 어머니는 공주에게 온달이 보잘것없어 공주와 어울리지 않는다고 하며 먹을 것이 없어 산에 있는 나무껍질을 벗기러 갔다고 하였다. 공주는 나무껍질을 지고 오는 온달을 맞이하며 결혼하자고 한다. 온달은

달형'으로 전승되는 설화, '내 복에 산다'의 하위유형에 속하는 설화'로 나누어 그 의미를 살피고, 현대문학으로 변용되는 양상을 여성의 주체성 탐색, 세계와 자아의 갈등에서 비롯된 비극성, 열전 〈온달전〉의 확장과 장편화로 분석한 바 있다(최지선, 「온달설화의 전승과 수용」, 성신여자대학교 대학원 석사학위 논문, 2005.).

25) 『신증 동국여지승람』에는 공주가 양강왕의 딸로 서술되어 있다. 이는 『삼국사기』에서보다 1대 앞선 것이라 할 수 있다(최운식, 위의 글, 62쪽).

이 말을 듣고 화를 내며, 공주를 사람이 아니라 여우나 귀신일 것이라고 의심한다. 그의 어머니도 온달이 가난하고 비천하여 공주에게 맞는 상대가 아니라고 한다. 그러나 공주는 마음만 맞으면 된다고 하며 함께 산다.

공주는 온달에게 볼품없는 말을 사서 잘 키우도록 한다. 온달은 이 말을 잘 키워, 왕이 사냥을 갈 때 함께 가서 앞서 말을 달리며 사냥을 잘하여 왕의 주목을 받는다.

이때 중국에서 고구려를 침입하자 온달이 앞서 나가 싸워 크게 이긴다. 왕이 온달의 활약에 감탄하여 자신의 사위로 맞는다. 이때부터 온달은 왕에게 특별히 사랑을 받는다.

어느 날 온달이 신라가 차지한 고구려의 땅을 다시 찾아오겠다고 하여 왕이 허락한다. 온달은 길을 떠나며 자신이 땅을 찾지 못한다면 돌아오지 않겠다고 맹세하는데, 신라와 싸우다가 화살에 맞아 죽고 만다. 온달의 장례를 치르는데, 관이 움직이지 않는다. 이때 공주가 와서 관을 어루만지며 돌아가자고 하니 그때에야 비로소 관이 움직인다. 왕이 이를 듣고 매우 슬퍼한다.

『삼국사기』에 전해지는 온달 이야기는 역사 기록이기는 하지만 문학적 성격을 지니고 있어 많은 연구에서 〈온달전〉으로 지칭하기도 한다. 위에서 볼 수 있듯이 온달 이야기는 크게 두 부분으로 나누어 볼 수 있다. 하나는 평강공주와 온달의 만남 부분이고, 다른 하나는 온달의 영웅적 행위와 죽음과 관련된 부분이다.

온달이 어떤 사람인지에 대해서는 매우 간략하게 제시된다. 온달이 어떤 처지에 있는 어떤 사람인지에 대한 서술은 서두에서 서술자가 사람의 말로 서술한 것과 온달 모친의 말에서 알 수 있다.

(가) 온달(溫達)은 고구려 평강왕(平岡王) 때 사람이다. 용모는 구부정하고 우스꽝스럽게 생겼지만 마음씨는 빛이 났다. 집안이 몹시 가난하여 항상 밥을 빌어 어머니를 봉양하였다. 떨어진 옷과 해진 신발을 걸치고 시정(市井) 사이를 왕래하니, 당시 사람들이 그를 '바보 온달'이라고 불렀다.26)

(나) 내 아들은 가난하고 보잘것이 없으니 귀인이 가까이 할 만한 사람이 못됩니다. 지금 그대의 냄새를 맡아보니 향내가 보통이 아니고, 그대의 손을 만져보니 매끄럽기가 솜과 같으니, 필시 천하의 귀인인 듯합니다. 누구의 꾐에 빠져 이곳까지 오게 되었습니까? 내 자식은 굶주림을 참다못해 산 속에 느릅나무 껍질을 벗기러 간 지 오래되었는데 아직 돌아오지 않고 있습니다.27)

---

26) 溫達 高句麗平岡王時人也 容貌龍鐘可笑 中心則晬然 家甚貧 常乞食以養
母 破衫弊履 往來於市井間 時人目之爲愚溫達

27) 吾子貧且陋 非貴人之所可近 今聞子之臭 芬馥異常 接子之手 柔滑如綿

(가)는 온달에 대한 소개와 사람들이 온달을 어떻게 평가했는지에 대한 서술이고, (나)는 온달을 찾아온 공주에게 온달의 노모가 한 말이다. (가)에서 알 수 있는 온달에 대한 사실은 온달의 외모는 구부정하고 우스웠지만 마음이 착했다는 것, 집안이 매우 가난하여 밥도 빌어 먹는 처지였다는 것, 그래도 어머니를 봉양하는 효자라는 것, 거지처럼 다 떨어진 옷과 신발을 걸치고 다녔다는 것, 사람들이 바보라고 불렀다는 것 등이다. 이를 통해 온달은 겉으로 보이는 모습과 형편이 매우 좋지 않았지만, 마음은 착하고 효성이 지극했다는 것을 알 수 있다.

(가)에 서술된 온달에 대한 소개가 비교적 객관적으로 평가되는 정보라면, (나)는 온달의 어머니의 말로 전해지는 주관적 평가라 할 수 있다. 온달의 어머니는 스스로 자신의 아들이 가난하고 보잘것없는 사람이라고 말한다. 그리고 온달이 굶주림을 참다못해 느릅나무 껍질을 갔다고 하는 데에서 처참할 정도로 가난한 살림살이를 알 수 있다.

이렇게 좋지 않은 형편에 있던 온달은 평강공주를 맞이하면서부터 다른 인생을 살게 된다. 공주가 가져온 금팔찌를 팔아 살림살이가 모두 갖추어지고, 온달은 공주의 가르침으로 왕의 눈에 들게 된다.

必天下之貴人也 因誰之佚 以至於此乎 惟我息 不忍饑 取楡皮於山林 久而未還

이때 후주(後周)의 무제(武帝)가 군사를 내어 요동(遼東)에 쳐들어오자, 왕은 군대를 거느리고 배산(拜山)의 들에서 맞아 싸웠다. 온달이 선봉이 되어 날래게 싸워 수십여 명의 목을 베니, 모든 군사들이 승세를 타고 떨쳐 공격하여 크게 이겼다. 공로를 논할 때 온달을 제일이라고 하지 않는 사람이 없었다. 왕이 그를 가상히 여기어 감탄하며 "이야말로 내 사위다."라 하고, 예를 갖추어 그를 영접하고 벼슬을 주어 대형(大兄)으로 삼았다. 이로부터 왕의 총애가 더욱 두터워졌으며, 위엄과 권세가 날로 융성해졌다.[28]

왕과 함께 사냥을 가서 왕의 눈에 띈 온달은 침략해 온 후주의 군대를 물리치면서 비로소 사위로 인정받는다. 그리고 벼슬에도 올라 왕의 사랑을 후히 받으니 권세가 점점 커졌다. 그러다 새로운 왕이 즉위하였을 때 온달은 신라가 차지한 원래의 고구려 땅을 찾아오겠다고 갔다가 화살에 맞아 죽는다. 이렇게 온달의 영웅적 활약은 사냥을 잘하고, 말 달리기를 잘하며, 전쟁에 승리하는 것으로 나타난다. 그렇지만 왕과 나라를 위해 신라군과 싸우던 온달은 비극적으로 전사하고 만다. 온달이 역사 서술 속에 포함될 수 있었던 것은 평강공주라

---

28) 時 後周武帝出師伐遼東 王領軍逆戰於拜山之野 溫達爲先鋒 疾鬪斬數十餘級 諸軍乘勝奮擊大克 及論功 無不以溫達爲第一 王嘉歎之曰 是吾女壻也 備禮迎之 賜爵爲大兄 由此 寵榮尤渥 威權日盛

는 왕가의 여인과 결연한 것과 이러한 나라에 대한 충성스러운 행동 때문이라 할 수 있겠다.

온달과 평강공주의 만남이 이루어지는 과정은 바보와 공주의 결연이라는 매우 비현실적인 방식으로 나타난다.[29] 그렇지만 온달의 뛰어난 행적은 사실적으로 기록되어 온달의 죽음까지 서술한다.

한편 온달이 죽은 뒤에 관이 움직이지 않았다가 공주가 와서 관을 어루만지니 그때에야 비로소 관이 움직였다는 것은 매우 비현실적이다. 이 서술의 진위를 떠나서 이렇게 서술한 것은 온달이 죽음으로써 스스로 얼마나 한스러워했을지 그 통한을 강조하고, 온달의 죽음이 국가적으로도 슬픈 일임을 드러내기 위한 것이라 할 수 있다.

이러한 온달 이야기는 미천한 자가 영웅이 되는 이야기의 모습을 보여준다. 원래는 가난하고 비루하여 바보로까지 불렸던 온달이 평강공주라는 고귀하고 신비한 여인을 맞이함으로써 능력을 갖추고 국가의 인재로 활약한 것이다. 온달의 경우 미천함이 가난과 관련이 깊고, 능력을 얻게 된 계기가 혼인이며, 뛰어난 활약이 국가를 위한 충성의 발현으로 나타났다고 할 수 있다.

---

29) 온달 이야기의 비현실성에 대해 기존 연구에서는 설화적 성격으로 설명하기도 하였다.

■ 〈홍길동전〉

  〈홍길동전〉은 허균이 지었다고 전해지는 한글 소설이다.
그렇지만 원래 허균이 지었다는 〈홍길동전〉이 우리가 지금
보고 있는 한글 소설 〈홍길동전〉인지는 알 수가 없다.[30] 〈홍
길동전〉의 주인공 홍길동은 15-16 세기경 생존했던 인물로 보
인다.[31]

---

30) 〈홍길동전〉의 작가에 대한 논의는 연구사가 정리될 정도이다. 이복규는
   〈홍길동전〉의 작가에 대한 논의를 허균 창작론, 허균 창작 부정론, 허균
   창작 재궁정론으로 나누어 양상을 정리한 바 있다(이복규, 「「홍길동전」
   작자 논의의 연구사적 검토」, 『論文集』 20, 서경대학교, 1992.). 〈홍길동
   전〉의 작가가 허균이라면 남는 문제는 허균이 지었다는 〈홍길동전〉이
   소설인지, 전인지, 지금 전해지고 있는 이본과 얼마나 비슷한 것인지
   등이다.
   그렇지만 〈홍길동전〉의 작가에 대해서는 추정만 있었고, 아직까지도 마
   무리되지 않았다고 할 수 있다. 이윤석은 〈홍길동전〉의 작가가 허균이
   아니라는 논의를 지속적으로 펼쳐왔다(이윤석, 「〈홍길동전〉 작자 논의
   의 계보」, 『열상고전연구』 36, 열상고전연구회, 2012.).
31) 조선왕조실록에서 홍길동 관련 기록은 10여건 정도 언급되는데, 홍길동
   은 연산군 때 잡힌 것으로 나온다.

      영의정 한치형(韓致亨) · 좌의정 성준(成俊) · 우의정 이극균(李
      克均)이 아뢰기를,

      "듣건대, 강도 홍길동(洪吉同)을 잡았다 하니 기쁨을 견딜 수 없
      습니다. 백성을 위하여 해독을 제거하는 일이 이보다 큰 것이
      없으니, 청컨대 이 시기에 그 무리들을 다 잡도록 하소서."

〈홍길동전〉은 필사본, 방각본, 활자본 등 여러 판본으로 전해진다. 판본별로도 종수가 많고, 방각본도 경판본, 완판본 모두 있으며, 활자본도 여럿 있어 이본도 풍부함을 볼 때에도 상당히 인기를 얻으며 널리 읽힌 작품이라 할 수 있다.

〈홍길동전〉의 주요 서사를 정리하면 다음과 같다.32)

조선시대의 재상이었던 홍 판서에게는 두 아들이 있었다. 그런데 큰아들 인형은 본 부인과의 사이에서 낳았지만, 둘째 아들 길동은 여종 춘섬에게서 낳았다. 홍 판서가 길동을 갖게 된 것은 용꿈 때문이었다. 특별한 태몽 덕분인지 길동은 영웅의 모습을 지니고 있었다. 그렇지만 안타깝게도 길동은 여종에게서 난 아들이었기 때문에 집안에서나 사회에서나 차별을 받아야 했다.

길동이 자라 8살이 되니 매우 똑똑하여 하나를 들으면 백 가지를 알 정도였다. 하지만 길동은 여종의 아들이어서 아버지를 아버지라 부르지 못하고 형을 형이라고 부르지 못했다. 길동은 그러한 처지를 뼛속 깊이 불만하고 집을 나가고자 하였다. 그런데 홍 판서의 사랑을 받는 첩 초란이 길동을 낳은 어머니

하니, 그대로 좇았다.(『연산군일기』 39권, 연산 6년 10월 22일 계묘 2번째 기사, 1500년 명 홍치(弘治) 13년, '강도 홍길동을 잡았으니 나머지 무리도 소탕하게 하다')

32) 여기서 정리한 〈홍길동전〉의 판본은 경판 24장본이다.

를 질투하여 길동을 죽이고자 하였다. 초란이 길동을 죽이려고 사람을 보내지만 길동은 도술을 이용하여 물리친다. 그리고 홍 판서와 어머니 춘섬에게 작별 인사를 하고 떠난다.

길을 떠난 길동은 여기저기 다니다가 우연히 도둑들이 모여 사는 곳에 가게 되어 거기서 영웅으로 인정받고 도둑들의 대장 이 된다. 길동은 스스로 활빈당이라고 이름을 짓고 온 나라를 돌아다니며 불의한 재물을 빼앗고 가난한 사람들을 도와주었 다. 이러한 길동의 활동이 소문이 나자 나라에서 길동을 잡으 려고 하였다. 그러나 홍길동의 뛰어난 도술 때문에 아무도 잡 지 못하자 나라에서 길동에게 벼슬을 주어 잡으려 한다. 길동 은 궁궐에 들어가 임금에게 작별 인사를 한다. 이후로는 더이 상 길동을 잡으려 하지 않는다.

한편 길동은 조선을 떠나 남경에 있는 제도라는 섬에 들어가 집을 짓고 군사도 훈련하였다. 하루는 길동이 낙천 땅에서 백 룡이라는 사람이 잃어버린 딸을 요괴를 물리치고 구한다. 그리 고 조철의 딸도 함께 구하여 부모에게 돌아가게 하니, 그 부모 들이 모두 길동을 사위로 삼았다. 길동은 백룡의 딸과 조철의 딸을 모두 부인으로 삼아 제도섬으로 돌아간다.

어느 날 하늘을 보다가 아버지의 병이 깊은 것을 알고 길동 이 조선으로 간다. 길동은 중의 모습으로 가서 장례를 치르고, 어머니와 형을 만난다. 본국으로 돌아온 길동은 마음속에 담아 두었던 율도국을 정복하여 왕이 된다. 길동은 율도국의 왕으로 잘 살다가 72세에 세상을 떠난다.

〈홍길동전〉은 홍길동이라는 영웅적 인물의 일생을 그렸다고 할 수 있다. 홍길동의 출생을 보면, 홍길동은 맏아들도 아니고, 춘섬이라는 노비에게서 난 아들이다. 그래서 홍길동은 근본적으로 양반으로 살 수 없는 신분의 문제를 갖고 있다.

> 이쩌 츈셤의 나히 십팔이라 흔번 몸을 허흔 후로 문외의 나지 아니흐고 타인을 취홀 뜻이 업스니 공이 긔특이 넉여 인흐여 잉쳡을 삼아더니 과연 그달붓허 퇴긔 잇셔 십 삭 만의 일기 옥동을 싱흐니 긔골이 비범흐여 진짓 영웅호걸의 긔상이라 공이 일변 깃거흐나 부인의게 나지 못흐믈 한흐더라 길동이 졈졈 즈라 팔 셰 되미 춍명이 과인흐여 흔아흘 드르면 빅을 통흐니 공이 더욱 이즁흐나 근본 쳔싱이라 길동이 미양 호부호형흐면 문득 쭈지져 못 흐게 흐니 길동이 십 셰 넘도록 감히 부형을 부르지 못흐고 비복 등이 쳔딕흐믈 각골통한흐여 심수롤 졍치 못흐더니

위에서 보듯이, 길동은 춘섬에게서 태어나 '근본 쳔싱'이다. 그래서, 호부호형(呼父呼兄) 즉 아버지를 아버지라고 부르지 못하고, 형을 형이라 하지 못하는 신분의 문제를 갖고 있으며, 길동은 이를 매우 한스럽게 여긴다고 서술되어 있다. 이는 길

동이 아버지, 형이라고 부르면 홍 판서가 꾸짖어서 못하게 했기 때문이다. 다시 말해, 길동은 호부호형하고 싶어 하고, 실제로 하기도 하였으나 아버지에 의해 제재를 받은 것이다.

이렇게 미천한 신분으로 태어난 길동은 영웅의 형상을 지닌 것으로 묘사되어 있다. 길동은 태어날 때부터 기골이 비범하여 "영웅호걸의 기상"을 지녔다. 그리고 여덟 살이 되었을 때에는 총명이 매우 뛰어나 하나를 들으면 백을 아는 인재였다. 그럼에도 불구하고 길동은 근본 천생이었기 때문에 호부호형도 못하는 문제를 홍 판서에게 털어놓고, 마침내 호부호형할 수 있는 허락을 받는다.

이런 상황에서 길동은 첩 초란이 보낸 자객에 의해 죽을 위험에 처하게 된다.

> 추야의 촉을 밝히고 쥬역을 줌심ᄒ다가 믄득 드르니 가마귀 셰 번 울고 가거늘 길동이 고이히 넉여 혼ᄌ말노 니르되 이 즘성은 본더 밤을 쩌리거늘 이제 울고 가니 심이 불길ᄒ도다 ᄒ고 줌간 팔괘롤 버려보고 디경ᄒ여 셔안을 물니치고 둔갑법을 힝ᄒ여 그 동정을 살피더니 사경은 ᄒ여 ᄒ 사름이 비슈롤 들고 완완이 방문을 열고 드러오ᄂᆞ지라 길동이 급히 몸을 감쵸고 진언을 넘ᄒ니 홀연 일진음풍이 니러나며 집은 간더업고 쳡쳡ᄒ 산중의 풍경이 거록ᄒ지라 특지 대경ᄒ여 길동의 죠홰 신긔ᄒ믈 알고 비슈롤 감쵸아 피코져 ᄒ더니 믄득 길이 ᄯ쳐지고

층암절벽이 가리와시니 진퇴유곡이라 사면으로 방황ㅎ더니 믄
득 져쇼리 들니거늘 졍신을 찰혀 살펴보니 일위 쇼동이 나귀롤
타고 오며 져 불기롤 굿치고 꾸지져 왈 네 무슴 일노 나롤 죽이
려 ㅎ는다

위에서 보듯이 길동은 불길한 일이 일어날 것을 느끼고 도
술로 둔갑법을 행하여 대비한다. 그리고 주문을 외워 공간을
바꾸고 방안에 들어온 자객과 함께 공모한 관상녀를 죽인다.
이렇게 죽을 위기를 도술로 이겨낸 길동은 마침내 집을 떠난
다. 그리고 활빈당의 당수가 되어 활약한다.

길동이 펼치는 영웅적 행위는 주로 도술로 이루어지고, 활
빈당에서 거느리고 있는 도둑들과 함께 행해지기도 한다. 길
동이 활빈당의 당수가 되어 한 일들은 주로 가난한 백성을 구
제하고 탐관오리를 징치하는 것이었다.

길동이 즈호롤 활빈당이라 ㅎ여 됴션 팔도로 단니며 각읍
슈령이 불의로 직물이 〃시면 탈취ㅎ고 혹 지빈무의흔 자 이시
면 구제ㅎ며 빅셩을 침범치 아니ㅎ고 나라의 쇽흔 직물은 츄호
도 범치 아니ㅎ니 이러므로 졔젹이 그 의취롤 항복ㅎ더라 일〃
은 길동이 졔인을 모호고 의논 왈 이제 함경감시 탐관오리로
쥰민고틱ㅎ여 빅셩이 다 견디지 못ㅎ는지라 우리등이 그져 두
지 못ㅎ리니 그디등은 나의 지휘디로 ㅎ라 ㅎ고

이러한 백성을 구제하는 활동을 하던 길동은 나라 전체에서 붙잡고자 하는 수배자가 된다. 그렇지만 아무리 해도 홍길동을 잡지 못한다.

ᄎ시 샹이 팔도의 힝관ᄒ샤 길동을 줍으라 ᄒ시되 그 변홰 불측ᄒ여 쟝안대로ᄅ 혹 쵸헌도 타고 왕너ᄒ며 혹 각읍의 노문 노코 쌍교도 타고 왕너ᄒ며 혹 어ᄉ의 모양을 ᄒ여 각읍 슈령 즁 탐관오리ᄒᄂᆫ 쟈ᄅᆞᆯ 믄득 션참후계ᄒ되 가어ᄉ 홍길동의 계 문이라 ᄒ니

이렇게 온 나라가 홍길동을 붙잡고자 하지만, 길동은 보란 듯이 전국을 돌아다니며 마음껏 활약한다. 그러니 임금은 결국 홍길동의 아버지와 형을 잡아들여 길동을 잡고자 한다. 길동은 아버지와 형을 위해 스스로 붙잡힌다. 그런데 신기하게도 전국 팔도에서 길동이 여덟 명이나 잡혀 와서 누가 진짜 길동인지 분간할 수 없는 문제에 부딪힌다.

ᄎ시 팔도의셔 다 길동을 줍아올니니 됴졍과 쟝안 인민이 망지쇼죠ᄒ여 능히 알 니 업더라 샹이 놀나샤 만죠ᄅᆞᆯ 모흐시고 친국ᄒ실ᄉᆡ 녀덟 길동을 줍아올니니 져의 셔로 닷토아 니ᄅᆞ되 네가 졍길동이오 나ᄂᆞᆫ 아니라 ᄒ며 셔로 싸호니 어너 거시 졍길동인지 분간치 못홀네라 샹이 고이히 넉이샤 즉시 홍모ᄅᆞᆯ 명

쵸흐샤 왈 지즈는 막여뷔라 흐니 져 여둛 즁의 경의 ᄋᆞ들을 ᄎᆞ
즈니라 홍공이 황공ᄒᆞ여 돈슈쳥罪 왈 신의 쳔셩 길동은 좌편
다리의 불근 혈졈이 잇스오니 일노죠ᄎᆞ 알니로쇼이다 흐고 여
둛 길동을 ᄭᅮ지져 왈 네 지쳑의 님군이 계시고 아릭로 네 아비
잇거눌 이럿틋 쳔고의 업눈 罪롤 지어시니 죽기롤 앗기지 말나
흐고 피롤 토흐며 업더져 긔졀흐니 샹이 대경흐샤 약원으로 구
흐라 흐시되 ᄎᆞ되업눈지라 여둛 길동이 이 경상을 보고 일시의
눈물을 흘니며 낭즁으로죳ᄎᆞ 환약 일 기식 니여 닙의 드리오니
홍공이 반향 후 졍신을 ᄎᆞ리눈지라

홍길동을 붙잡았다고 좋아하며 압송하였으나 길동이 여덟
이나 되었던 것이다. 그런 중에 여덟 홍길동이 서로 자신이
진짜 홍길동이라고 주장하며 싸우니, 임금이 홍 판서를 불러
와 아들 홍길동을 찾아내라고 한다. 그렇지만 홍 판서는 여덟
길동에게 임금과 아비에 대한 충효를 강조하며 꾸짖다가 피
를 토하고 쓰러져 버린다. 여덟 길동이 이 장면을 보고 각각
약 하나씩을 꺼내어 홍 판서를 살려낸다. 그리고 여덟 길동은
임금에게 소신을 아뢴다.

신의 아비 국은을 만히 닙어스오니 신이 엇지 감히 불측흔
힝스롤 흐올잇가마는 신은 본더 쳔비 쇼싱이라 그 아비롤 아비
라 못 흐옵고 그 형을 형이라 못 흐오니 평싱 한이 밋쳐습기로

집을 바리고 젹당의 춈녜ᄒ오나 빅셩은 츄호 불범ᄒ옵고 각읍
슈령의 쥰민고틱ᄒᄂ 지물을 탈취ᄒ여스오나 이졔 십 년을 지
니면 됴션을 써나 가올 곳이 잇스오니 복걸 셩샹은 근심치 마
르시고 신을 줍ᄂ 관ᄌ롤 거두옵쇼셔

길동이 임금에게 간절히 고하는 내용은 자신의 아비가 은
혜를 많이 입었으니 자신도 나쁜 짓을 할 수 없다는 것과 자신
의 평생 한이 아비를 아비라 하지 못하고 형을 형이라 부르지
못하는 것이어서 도적이 되었다는 것이다. 그렇지만 절대 백
성을 범한 것이 아니고 관리들이 착취한 재물만 빼았으며, 십
년 뒤에는 조선을 떠날 것이니 자신을 잡으라는 공문은 거두
라고 하는 것이었다.

이렇게 임금에게 자신의 뜻을 전한 모든 홍길동은 허수아
비가 되어 넘어져 버리는데, 임금은 길동의 부탁에도 불구하
고 진짜 홍길동을 잡으라는 명을 내린다. 그러자 홍길동은 임
금에게 보내는 글을 붙여, 자신에게 병조판서 벼슬을 주면 잡
히겠다고 한다. 길동에게 병조판서 벼슬이 내리자 길동은 스
스로 궁궐에 들어가 작별하고 사라져 버린다.

주목되는 것은 이러한 길동이 보인 일련의 행보는 아버지
에 대한 효라는 틀 내에서 움직인다는 것이다. 사실 길동의
활빈당 활동은 국가적 이념에는 반대되는 것으로 충이라는
이념에 정면으로 부딪힌다. 그럼에도 길동은 임금에게 자신

의 도적 활동을 정당화하면서 호부호형의 문제를 제기하고 스스로 임금에게 나타나 붙잡히는 이유도 부친에 대한 효로 설명하는 것이다.33)

조선을 떠난 길동은 제도섬으로 가서 부인도 얻고, 율도국을 정복하여 왕이 된다. 서사적으로 홍길동이 율도국의 왕이 되는 결말은 영웅이 맞는 영광스러운 성취라고 할 수 있다. 그렇지만 길동이 왕이 된 나라는 조선이 아니라 율도국이기에 낭만적 해결이며 비극적 결말이라는 시각도 있다.

이러한 홍길동의 일생은 판서 집 둘째 아들이었으나 노비의 아들이었기에 양반 신분을 갖지 못하고 차별을 받던 홍길동이 율도국의 왕이 된 것으로 정리할 수 있다. 그리고 그것이 가능했던 것은 홍길동이 영웅의 자질을 지니고 있었기 때문이다.34) 길동이 영웅적 행위를 하는 데에는 도술이라는 능력이 작용했다. 〈홍길동전〉에는 길동이 어떻게 해서 이러한 능력을 갖게 되었는지에 대해 서술되어 있지 않다. 그렇지만 길

---

33) 박일용은 "왕권과의 극단적인 갈등을 피하고 인륜적 질서를 거스리지 않으면서도, 애초에 설정된 질곡을 완화시키면서 길동 개인의 욕구를 충족시킬 수 있는 대안으로서 율도국"이 제시된 것이라 하였다(박일용, 「〈홍길동전〉의 문학적 의미 재론」, 『古典文學研究』 9, 한국고전문학회, 1994, 279-280쪽.).

34) 박일용은 이에 대해 중세체제에 대한 문제제기를 "현실 질서에 불만을 품고 가출한 주인공이 현실적 질서를 넘어 자신의 특권을 획득해 나가는" 일대기적 서술로 구체화하고 있다고 해석했다(박일용, 위의 글, 281쪽.).

동이 죽을 위기를 피할 때부터 도술이 활용되고, 백성을 구제하고 탐관오리를 징치하는 모든 사건, 그리고 스스로 잡히기 전까지는 잡을 수 없는 길동의 능력 등 이 모든 활동에는 길동의 도술 행위가 드러난다. 정리하자면 홍길동은 서자로 태어났으나 왕이 된 영웅이고, 이러한 영웅적 활약의 배경에는 백성을 구한다는 큰 목표가 있었음을 알 수 있다. 그래서 〈홍길동전〉이 많은 사람들에게 사랑받을 수 있었을 것으로 보인다.

■ 〈전우치전〉

〈전우치전〉은 필사본, 활자본, 방각본 등 다양한 판본으로 전해지며 한문본도 있다. 〈전우치전〉의 주인공 전우치는 온달, 홍길동과 마찬가지로 실존했던 인물이다.[35] 〈전우치전〉의 작자나 창작 연대는 알 수 없지만, 전우치는 실존 인물로 조선 성종에서 중종 시기까지, 약 15세기 후반에서 16세기 중반 즈음까지 살았던 것으로 보인다.[36] 전우치의 경우 관련된 전설도 풍부하여 소설 〈전우치전〉이 성립하는 데 바탕 자료가 되었을 것으로 보인다.

〈전우치전〉은 특징적으로 삽화가 나열되는 구성을 보이는데, 그 내용은 판본에 따라 차이를 보이기도 한다. 일반적인 영웅소설 작품들이 일대기적 구성을 보이는 데 비해 〈전우치전〉은 이본에 따라 출생이나 성장에 대한 서사가 생략되어 있기도 하다.[37] 이는 새로운 이본이 만들어지면서 애초에 있

---

35) 전우치는 관련 설화와 기록도 상당히 풍부한 편이다. 그렇지만 실제로 전우치가 어떤 삶을 살았는지는 알 수가 없다. 이른 나이에 진사에 합격할 정도의 재능이 있었지만 뜻을 이루지 못하고 불우하게 살았던 것으로 추측할 수 있을 뿐이다(변우복, 「〈전우치전〉 연구」, 한국교원대학교 대학원 박사학위 논문, 1998, 54쪽.).

36) 김일렬, 『홍길동전·전우치전·서화담전』, 고려대 민족문화연구원, 1996, 183쪽.

37) 비교적 대중적으로 읽힌 활자본 〈전우치전〉의 경우, 전우치의 가계 소개나 출생담이 제시되지 않고, 도술 능력 획득 과정도 서술되어 있지 않다.

었던 출생이나 성장 부분의 서술이 축약, 삭제되거나 반대로 덧붙여졌기 때문일 것이다. 〈전우치전〉의 결말도 이본에 따라 차이를 보이기도 한다. 대개의 경우 전우치가 서화담과 함께 산으로 들어가는 것으로 서사가 종결된다. 전체 줄거리를 정리하면 다음과 같다.[38]

고려말 남서부 땅에 전숙이라는 이름난 사람이 있었다. 벼슬에 뜻이 없어 산림에 숨어 풍월을 즐기고 살았고, 부인 최씨는 잠영거족이었으나 자녀가 없어 주야 탄식하였다. 그러다 어느날 구름 속에서 청의동자가 나오는 태몽을 꾸고 아들을 낳았다. 꿈에 본 동자가 태어났다고 하며 이름을 운치라 하였다.

신문관본 〈전우치전〉의 서두에서 이를 확인할 수 있다.

조선 초에 송경 숭인문 안에 흔 선비 잇스니 성은 던이오 일홈은 우치라 일즉 놉흔 스승을 조차 신선의 도롤 배호더 본러 지질이 표일호고 겸호야 정성이 지극홈으로 맛춤내 오묘흔 리치롤 통호고 신긔흔 직조롤 엇엇스나 소래롤 숨기고 자최를 곰초아 지냄으로 비록 갓가히 노는 이도 알리 업더라

이렇게 신문관본 〈전우치전〉의 경우에 전우치라는 선비가 있었다는 데에서 시작하고, 그 전에 전우치가 어디서 어떻게 살았으며 어떤 성장과정을 거쳤는지 등에 대한 서술이 없다. 서두에서부터 전우치는 신선의 도를 배워 이미 이치를 통달하고 신기한 재주를 가진 인물로 나온다. 그리고 자취를 숨기고 살고 있었기 때문에 전우치에 대해 알기 어렵다고 하여 신비스러운 분위기를 만들고 있다.

38) 여기서 정리한 〈전우치전〉의 주요 내용은 경판 37장본을 바탕으로 하였다.

운치가 일곱 살 되었을 때 총명이 뛰어났으며 열 살이 되었을 때 아버지가 돌아가셨다. 그후 운치는 아버지의 친구 윤공에게 글을 배웠는데 오가는 길에 여인에게 유혹 당하는 일이 있었다. 윤공이 이를 알고 운치에게 여인의 입에 있는 구슬을 빼앗아 오라고 하였다. 운치가 여인에게 구슬을 보여 달라고 고집하여 구슬을 입에 넣고 있다가 삼켜버렸다. 여인이 구슬을 찾지 못하자 크게 통곡하며 갔다. 운치가 윤공에게 있었던 일을 다 말하니, 윤공이 운치에게 여우의 넋인 구슬을 먹었으니 큰 능력을 가지게 되었다고 한다.

운치가 열다섯 살 되었을 때 진사 뽑는 과거시험에서 장원급제한다. 세월이 흘러 운치가 명산대천을 찾아다니다가 세금사라는 절에 이른다. 절에 중이 사오 명밖에 남지 않은 것을 보고 요망한 것이 작란하였다고 한다. 그러다가 운치가 다시 절에 가서 공부하겠다고 가는 길에 노인에게서 부적을 받는다. 운치는 자신을 유혹하는 여인이 여우임을 알고 호정을 내놓으라고 한다. 여우는 호정 대신 천서 세 권을 주겠다고 하여, 운치가 받아와 상권을 익혀 통달한다. 운치가 천서 상권에만 부적을 붙여놓아 여우에게 다시 뺏기지 않는다.

운치가 천서를 보아 못하는 술법이 없으니 과거 시험을 보려는 뜻을 버리고 구름을 타고 궁궐에 간다. 운치는 구름 속에서 임금에게 명령을 내리기를 황금 들보를 바치라고 한다. 임금은 전국에서 금을 모아 황금들보를 만드니 전우치가 이를 받았으나 금을 매매하려다가 의심을 받는다.

황금들보를 팔아 얻은 돈으로 운치는 어머니께 음식을 드리는데, 금부도사와 포교 등이 잡으려 하니 운치가 어머니와 함께 병에 들어가 버린다. 그래서 금부도사와 포교 등이 병 부리를 막아 들고 임금에게 간다. 임금이 병 속에 전운치가 들어있는 것을 알고 끓는 기름 가마에 넣으라고 명한다. 기름이 다 졸아 병이 남으니 깨뜨리라고 하였는데, 병은 여러 조각으로 났으나 아무 것도 없고 조각마다 자신이 전운치라고 한다. 임금이 노하여 기름에 더 끓이라고 하였으나 운치를 잡지 못하자 방을 붙여 전운치에게 벼슬을 주겠으니 스스로 나타나라고 한다.

이때 전운치는 어머니를 모시고 산중에 들어가 살면서 구름을 타고 마음대로 왕래하였는데 하루는 울고 있는 백발 노인을 발견한다. 알고 보니 그 노인의 자식이 살인 누명을 쓰고 죄수가 된 것이었다. 전운치는 노인의 아들을 구하고 구름 타고 가다가 시장에서 돼지머리를 두고 상인과 관리가 다투는 장면을 본다. 운치는 돼지머리를 빼앗으려 한 관리를 도술로 혼내고 다시 어느 잔치 자리에 간다. 그 잔치 자리에서 소생과 설생이라는 교만한 사람을 도술로 놀려준다.

운치가 구름을 타고 가다 보니 고직이 장계창이란 사람이 어질고 효행이 있으며 사람 구제하기를 좋아했는데, 문서를 잘못 하여 자기가 쓰지도 않은 돈 이천 냥을 변제하지 못해 죄를 받는다는 말을 듣는다. 운치가 불쌍히 여겨 장계창이 벌 받는

곳에 가서 장계창 부부를 구하여 하늘로 올라온다.

운치가 또 구름을 타고 가다가 한자경이라는 사람이 통곡하고 있는 것을 본다. 한자경이 가난하여 부친상을 당했는데도 장례를 치르지 못하고, 칠십 노모를 봉양하지 못하여 울고 있다고 하니 운치가 불쌍히 여겨 족자 하나를 준다. 운치가 한자경에게 족자를 주면서 집에 걸어 놓고 '고직아' 하고 불러서 백 냥을 내어라 하여 그것으로 장례를 지내고, 매일 한 냥씩만 달라고 하여 노모를 봉양하라고 한다. 그리고 만약 돈을 더 내라고 하면 큰일이 날 것이라고 경고한다.

한자경은 집으로 와서 족자를 걸어 놓고 운치가 시킨 대로 하여 돈을 얻는다. 그러다 어느 날 돈이 필요하여 백 냥을 빌리면 무슨 상관이 있겠는가 하고 고직이에게 달라 했다가 호조에 잡히게 된다. 호조에서 한자경을 신문하여 전운치가 부린 도술로 이런 일이 벌어진 것을 알고 임금이 전운치를 잡아야 나라가 태평해질 것이라 한다. 그리고 한자경은 전운치와 한패이니 죽이려 하는데, 이때 운치가 나타나 한자경을 구해낸다.

전운치는 여기저기 다니다가 스스로 임금에게 가서 벼슬을 받는다. 그러다가 선전관들의 술자리에 가서 그들의 부인을 데려와 앉혀 운치가 선전관들의 분을 사지만 전운치는 스스로 잘못을 뉘우치고 충성을 다하겠다고 각오한다.

그때 가달산에 있는 엄준이라는 사람이 용맹과 무예가 뛰어났는데 노략질과 탈취, 살해 등을 행하니 전운치가 나서서 도술

로 다스리고 양민이 되게 한다. 임금이 운치를 칭찬하시고 조
정 신하들도 운치의 성공을 축하하는데 선전관들이 하나도 오
지 않으니 다시 그들을 속여서 혼낸다.

전운치는 전에 한자경 때문에 호조의 창고에 있던 은을 바꾸
었는데 다시 원래대로 돌려 놓는다. 그런데 이때 전운치가
역적 모의 혐의를 받아 잡히게 된다. 전운치를 붙잡아 죽이려
하자 운치가 그림을 그리게 해 달라고 하여 자신이 그린 그림
속으로 들어가 버린다. 그러자 임금은 다시 운치를 잡아오는
사람에게 벼슬을 주겠다고 한다.

운치가 집에 돌아와서 어머니에게 있었던 일을 고하니 어머
니가 운치에게 다시는 조정에 가지 말라고 한다. 운치는 산중
에서 고요히 글에 힘썼는데 왕연희가 나서서 전운치를 죽이겠
다고 한다. 전운치는 왕연희의 모습을 하고 그 집에 들어가 왕
연희를 구미호가 되게 하여 혼낸다.

전운치가 오생과 족자를 두고 경쟁하다가 오생이 자신에게
운치의 족자를 팔라고 한다. 전운치는 오생에게 오천 냥을 달
라고 하고 족자를 주어 보낸다. 오생이 집에서 족자에 있는 여
인을 불러 내어 즐기는데, 그 처 민씨가 그것을 보고 질투하여
족자를 찢어 버린다. 이 때문에 오생과 그 부인 민씨가 다투는
데 때마침 운치가 와서 민씨를 구렁이로 만들어 꾸짖는다.

운치가 집으로 돌아오다가 예전에 함께 공부했던 양봉안이
병들어 있는 것을 본다. 양봉안은 정씨 부인에게 상사병이 든

것이었는데 운치가 이 둘을 맺어주려고 옥황상제의 명령인 듯 정씨를 하늘로 데리고 올라간다.

이때 강림도령이 나타나 전운치의 행동을 크게 꾸짖는다. 운치는 강림도령의 말대로 다시 정씨를 데리고 그 집에 가서 들여놓고 정신이 들게 한다. 그리고 정씨를 대신할 여인을 찾아 정씨의 모습처럼 바꾸고 양봉안에게 데려간다. 그래서 양봉안의 병이 점점 나아졌다.

전운치가 서화담을 찾아가 도술 경쟁을 한다. 운치는 서화담에게 도술 경쟁에서 지고, 어머니가 돌아가신 후 도를 닦기 위해 서화담을 따라 영주산에 들어간다.

여기서 정리한 〈전운치전〉의 경우에는 전운치는 고려시대 인물이고, 집안도 좋은 부모에게서 태어난 것으로 서술되어 있다. 흥미롭게도 경판본의 시대 배경은 고려시대인데, 김동욱 소장본의 경우에는 조선시대이다.

고려 말의 남서부 짜히 일위 명시 이스니, 성은 뎐이오 명은 슉이오 별호는 운화선성이라. 디디 공후 주손으로 슉의게 이르러는 청운의 뜻이 업셔 몸을 산님의 슙어 글를 슝샹ᄒ며 혹 벗을 모화 산쳔과 풍월를 문답ᄒ여 셰월를 허비ᄒ니, 시인이 이르기를 산즁 쳐사라 ᄒ더라 부인 최시는 잠영거족이오 뇨한정졍ᄒ여 싀덕이 겸비ᄒ니, 쳐시 상경상화ᄒ여 동쥬 십여년의 슬히

격막ᄒ믈 쥬야 탄식ᄒ더니, 일일은 최시 일몽을 어드니 텬상으로 조ᄎ 혼 ᄺ구름이 나려오며 구름 쇽으로셔 쳥의동지 벽년화를 쥐고 나와(경판 37장본, 〈전운치전〉)

이러한 서술과 비교해 볼 만한 이본이 김동욱 소장본 〈전우치전〉이다. 여기에서는 전우치가 관노였던 아버지에게서 태어난다. 이러한 이본에서 전우치는 부친과 관련지어 본다면 미천한 신분으로 태어났다고 할 수 있다.

인조더왕 직위 초의 강원도 원주 감영서 ᄉ난 혼 ᄉ람이 잇스되 성은 전이오 명은 츙부니 근본이 세터 관노로서 형세요부ᄒ더니 임ᄌ년 흉년을 당ᄒ여 뵉셩덜이 처처의 긔혼을 견더지 못ᄒ여 죽는 지 불가승수라 …(중략)… 영속 중의 전츙보라 ᄒ는 관속이 복지쥬왈 소인이 형세가 눔달리 이르기을 만석군이 말숨 잇스오니 벼 수만 석을 밧치올 거시니 숫도님은 밧비 뵉셩을 구제ᄒ소서 …(중략)… 상이 보시고 더찬 왈 긔특ᄒ다 일보 뵉셩을 다술인 ᄉ람을 엇지 그저 두리요 ᄒ시고 병조판서 전교를 무르와 즉시 전츙를 명ᄒ여 당승을 시기고 동너 부산 첨ᄉ을 제수ᄒ니 중뵈 국은이 망극ᄒ여 숙비 ᄒ즉ᄒ고 나랴와 가권을 다리고 부ᄉ 임소의 도임ᄒ여 뵉셩을 극진히 익휼ᄒ니 불과 수삭지니 거리거리 목비를 세윗더라(김동욱 소장본, 〈전우치전〉)

물론 위에 서술된 부분은 전우치가 아닌 전우치 아버지 전
중보의 사적에 해당한다. 그렇지만 전우치의 신분은 아버지
와 관련이 있을 것이므로 홍길동과 비슷한 처지로도 볼 수 있
는 문제이다. 전우치의 아버지는 원래는 관노였으나 그가 행
한 훌륭한 일 때문에 특별히 벼슬을 제수받은 것이었다. 김동
욱 소장본의 경우 전우치 신분의 미천함은 아버지에게서 비
롯되는 것이지만, 경판본에서 전우치의 처지 문제는 아버지
가 일찍 돌아가셨다는 부모의 문제와 연결지을 수 있다.

전우치의 출생 신분과 가계는 이본에 따라 차이를 보이기
도 하지만, 모든 이본에서 보이는 전우치라는 인물에 대한 공
통적인 평가는 매우 비범하다는 것이다.

> (가) 이윽고 일척 옥동을 나흔지라. 쳐시 디희ᄒ여 일변 부인
> 을 구호ᄒ며 아희를 ᄉᆞᆯ펴본즉 용뫼 화려ᄒ고 긔골이 장디ᄒ니
> …(중략)… 운치 졈졈 ᄌᆞ라 칠셰의 이르러는 쳐시 글를 가르치
> 미 총명 영오ᄒ여 문일지십ᄒ니(경판 37장본, 〈전운치전〉)
>
> (나) 우치 나은 제 일삭만의 힁보을 능히 ᄒ고 오십 일만의
> 언어을 능통ᄒ니 쳠시 보고 너무 영민 슉셩ᄒ물 염녀ᄒ더라(김
> 동욱 소장본, 〈전우치전〉)

(가)에서는 태어날 때 용모와 기골이 훌륭했고, 점점 자라
일곱 살에 되었을 때에는 총명이 뛰어났다고 하고, (나)에서는

태어난 지 한 달 만에 걸어 다니고 오십 일 만에 언어에 능통했다고 한다. 특히 (나)와 같은 서술은 전우치가 일반적인 사람의 모습이라고 할 수 없을 정도의 뛰어남을 가졌음을 말해준다.

이렇게 이본에 따라 전우치의 가계나 탄생 과정에 차이가 있다. 그런데 여기에서 〈전우치전〉의 서사를 정리하면서 경판본을 다룬 것은 전우치의 능력 획득에 대한 서술이 풍부하기 때문이다. 경판본 〈전우치전〉에서 전우치는 구미호의 호정을 먹기도 하고, 절을 흉흉하게 한 여우에게서 천서를 획득하여 도술 능력을 갖게 된다.

(가)네 오다가 녀쇠을 범호엿스니 글를 비화도 천디조화를 통치 못호리니, 네 이졔 도라가면 그 녀즈를 맛날지라. 그 녀즈의 입의 구슬를 먹음어슬 거시니, 그 구슬를 아스다가 날를 뵈라 …(중략)… 네 이믜 호정을 먹어스니 텬문디리를 통호며 디살 일흔두 가지 변화를 부리고 또 금년 ᄉ월의 진ᄉ를 홀 거시니, 이후 ᄉ는 조심호라

(나)그 요괴 견듸지 못호여 본상을 ᄂᆞ여 금터럭이 돗치고 꼬리 아홉 가진 여회 되여 슬기를 빌거눌 운치 왈 날를 나에게 호정 ᄒᆞ나흘 쥬면 너를 살니리라 구미회 왈 호정은 비 쇽의 잇거니와 호정도곤 더 나혼 천셔 셰 권이 이스니 목슘을 살녀쥬쇼셔 구미호를 다려 셰금ᄉ로 와셔 슐를 마신 후의 구미호를

안치고 텨셔 상권을 비화 일야간의 다 통달ᄒᆞ니, 진짓 귀신도 측냥치 못홀 슐법이라. 그졔야 운치 여호의 민 거슬 풀고 등의 부작을 ᄶᅧ텨 텨셔 상권의 부치고 일너 왈 너를 죽여 후환을 업시코ᄌᆞ ᄒᆞ더니, 도로혀 네 은혜를 닙엇기로 슬녀 보ᄂᆞ나니, 추후 다시 작변 말나 ᄒᆞᆫ디, 구미회 스례ᄒᆞ고 가니라 …(중략)… 더져 상권은 부작을 부친 연고로 아ᄉᆞ가지 못ᄒᆞ미러라

(가)는 전운치가 여인으로 변신한 구미호와 관계를 맺고 있음을 알고 윤공이 경계하는 말이다. 윤공은 운치가 여인을 범하였으므로 글을 배워도 천지조화를 통하지 못할 것이라 한다. 그러면서 여우의 구슬을 가져오라고 한다. 운치는 다행이 여우의 구슬을 먹었기 때문에 천문지리를 통하고 일흔두 가지 변화를 부릴 수 있는 능력을 얻게 된다.

(나)에서는 전운치가 여우에게서 천서를 획득하여 귀신도 측량할 수 없는 능력을 갖게 되는 부분이다. 경판 37장본에서 전운치가 여우에게서 천서를 얻게 되는 과정은 상당히 곡절이 있다. 여인으로 변하여 유혹하는 구미호의 정체를 알고 송곳으로 대응하여 천서 세 권을 얻는 과정도 우여곡절이 상당히 상세한데, 정작 그 천서 세 권 중에 두 권은 잃어버리게 된다. 전운치는 천서 한 권만 읽고도 "귀신도 측량치 못할 술법"을 부릴 수 있는 능력을 얻지만 정작 두 권은 여우에게 다시 빼앗기는 것이다.

이러한 결과가 암시하는 것은 결국 전운치가 가진 능력이 구미호라는 사악한 존재에게서 얻은 것이라는 점과 천서의 일부만 읽고 얻은 능력이기에 불완전하다는 것이다. 이는 결말부에서 보이는 서화담과의 대결에서 전우치가 패배하는 것과도 관련지어 볼 수 있다. 전우치는 서화담과 겨루어서 자신의 능력이 더 우위에 있음을 입증하고 싶었겠으나 결과는 화담에게 지는 것이었다. 전우치는 화담에게 완전히 항복하고, 화담은 전우치에게 이번에는 살려 주지만 앞으로는 그런 일 하지 말고 모친이 돌아가시고 나면 자신과 함께 영주산에 들어가서 도를 닦자고 제안한다.

전운치가 화담의 말을 받아들여 어머니가 돌아가신 후 삼년 상을 마치고 화담에게 간다. 그리고 영주산에 들어가기 전에 구미호를 없앤다. 이러한 결말은 전운치가 자신이 여우에게서 받은 능력을 부정하는 의미를 지니기도 하고, 앞으로는 제대로 된 바른 도를 닦겠다는 의미이기도 하다. 이렇게 결말은 전운치의 영웅성을 확인하는 방향이 아닌 화담을 따라 도를 닦으로 가는 것이어서 패배적이기도 하다. 그런데 강림도령이나 화담을 만나기 전의 전운치는 세상에서 아무도 막을 수 없는 능력을 지니고 활약하는 모습을 보여준다.

경판 37장본 〈전운치전〉에서 전운치가 도술로 활약하는 내용은 1)황금들보로 돈을 벌어 모친을 봉양하는 것, 2)살인 누명 쓴 백발 노인의 아들을 구출하는 것, 3)돼지머리를 빼앗으려는 관리를 혼내는 것, 4)잔치에서 거만한 자를 놀리는 것, 5)호조의 고직이인 장세창과 부인을 구하는 것, 6)가난하여 부친상도 못치르는 한자경을 족자로 구제하는 것, 7)선전관의 술자리에 부인을 데려와 놀리는 것, 8)가달산의 엄준을 토벌하여 양민이 되게 하는 것, 9)선전관을 혼내는 것, 10)없어진 호조의 은을 돌려놓는 것, 11)역모 혐의로 잡혀 그림 속으로 도망하는 것, 12)왕연희를 구미호가 되게 하여 혼내는 것, 13)족자를 찢은 오생의 부인을 구렁이로 만들어 혼내는 것, 14)상사병 걸린 양봉환을 구제하다 강림도령에게 혼나는 것, 15)서화담과 도술 경쟁하는 것 등에서 볼 수 있다.

여기서 전운치가 능력을 발휘하는 영역은 왕이나 권력 가진 지배층을 놀려주거나 혼내는 부분, 가난한 백성을 도와주는 부분, 자신을 붙잡으려는 힘에 대항하는 부분, 그리고 자신의 능력을 과시하는 부분 등으로 정리할 수 있다.

이러한 전운치의 능력 발휘는 전통적이고 전형적인 영웅의 활약과는 좀 거리가 있다. 왕이나 권력층에 항거하는 것은 반체제적 영웅의 성격으로 〈홍길동전〉과 비슷한 맥락이 있다. 그렇지만 전운치는 홍길동과 달리 새로운 국가를 건설하는 방향으로 고민을 발전시키지 않는다. 오히려 세상을 등지고 도를 닦으러 떠나버린다.

또한 전운치가 가난한 백성을 도와주는 방식이 매우 개인적이라는 특성이 있다. 가난하고 도움이 필요한 백성의 모습

자체가 개인적 문제로 드러나기도 하지만, 전운치의 해결 방식 역시 개인적이다. 그리고 그러한 도움에는 사회적 윤리 의식이 결여되어 있으며 해결하기 위해 전운치가 부리는 도술은 매우 기괴하다.

예를 들어 한자경을 족자로 구하는 방식을 보면 결국 호조의 창고에 있는 돈을 훔쳐오는 것이어서 매우 비윤리적이다. 그리고 선전관을 술자리에서 놀리거나 족자를 찢은 오생의 부인을 구렁이로 만들어 버리는 것 등은 매우 기괴하다. 다시말해 전운치의 능력 발휘는 무엇인가를 온전하게 만드는 방향보다는 비현실적인 것으로 비틀고 훼손하는 방향으로 이루어지는 경향이 있는 것이다. 전운치가 능력을 얻은 근원이 구미호라서 그럴 수도 있는데, 전운치가 부리는 도술에는 요상하고 기괴한 존재들, 구미호나 구렁이, 청개구리 등이 자주출현하는 특성이 있다.

그런가 하면 전운치는 영웅으로서 자신감이 있는 수준을 넘어 자신만만하여 스스로 자랑하고자 하는 의식을 보인다. 이러한 성격은 일반적으로 전형적인 영웅이 가진 겸손함과는 다르다 할 수 있다. 그래서 전운치는 서화담에게 패배할 수밖에 없는지도 모른다. 물론 이러한 성격은 경판 37장본에 더욱 두드러지는 양상이라 할 수 있다. 이본에 따라서는 전우치가 민중을 위한 영웅의 모습에 더욱 가깝게 그려지기도 하고 사회에 대한 비판 의식이 투철하게 보이기도 하기 때문이다.

2) 문화콘텐츠 살피기

우리 고전 서사에서 미천한 자가 영웅이 되는 이야기를 〈온달〉, 〈홍길동전〉, 〈전우치전〉 등을 통해 살펴보았다. 이들 이야기와 비교해 볼 수 있는 상호문화콘텐츠로 한국 영화 〈염력〉, 한국 드라마 〈사이코메트리 그녀석〉, 서양 영화 〈브루스 올마이티〉, 〈스파이더맨〉, 〈캡틴 아메리카〉 등을 들 수 있다. 이들 문화콘텐츠의 주요 내용을 살펴보도록 하자.

■ 〈염력〉

〈염력〉39)은 2018년 개봉한 영화로 감독 연상호이며 주요 인물로 류승용(신석헌 역), 심은경(신루미), 박정민(김정현 역) 등이 출연했다. 〈염력〉은 평범한 사람보다 못하다고 할 수 있는 은행 경비원 석헌이 어느 날 갑자기 염력을 가지게 되면서 일어난 일을 다루고 있다. 영화 〈염력〉의 전체적인 주제가 철거민의 저항을 가능하게 하는 염원을 다룬 것인지40)

---

39) 〈염력〉에 대한 기본적인 정보는 다음에 제시되어 있다.
   https://search.naver.com/search.naver?where=nexearch&sm=tab_etc&mra=bkE
   w&x_csa=%7B%22isOpen%22%3Atrue%7D&pkid=68&os=3988682&qvt=0&q
   uery=%EC%98%81%ED%99%94%20%EC%97%BC%EB%A0%A5%20%EC%A0%
   95%EB%B3%B4

단지 염력을 갖게 된 인물의 우월함과 활약을 기대하는 민중의 소망인지 단정 짓기는 어렵지만, 〈염력〉과 같은 서사는 아무것도 가진 것 없는 사람이 어느 날 우연히 갖게 된 능력으로 삶의 많은 문제를 해결하는 통쾌함과 희망을 보여준다.

그런데 〈염력〉이라는 영화가 대중적인 인기를 누렸다고 보기는 어려운 것 같다. 네이버 상의 평점은 6.17(850명 참여)로 나와 별로 좋은 평가를 받은 것으로 보이지는 않는다.[41] 이는

---

40) 김원은 〈염력〉에서 철거민이 겪은 참사를 떠올리며 이 영화의 주제 의식을 기적을 바라는 소박한 염원으로 해석하고 있다(김원, 「우리의 꿈은 소박하다 : 용산참사를 다룬 두 영화 〈염력〉과 〈공동정범〉」, 『가톨릭평론』 15, 우리신학연구소, 2018, 95쪽.).

41) 참고로 네이버에 게시된(2023. 11. 22. 현재) 평점을 제시하면 다음과 같다.
(https://search.naver.com/search.naver?where=nexearch&sm=tab_etc&mra=bkEw&pkid=68&os=3988682&qvt=0&query=%EC%98%81%ED%99%94%20%EC%97%BC%EB%A0%A5%20%ED%8F%89%EC%A0%90)

평점 관람추이

이 영화 〈염력〉에 대해 심각한 사회적 문제를 다룬 서사로 볼지, 웃음과 함께 즐거움을 추구한 서사로 볼지에 대한 관점의 차이에서 비롯된 것으로 보인다.

〈염력〉이라는 영화에 대한 소개는 다음과 같이 간단하다.[42]

평범한 은행 경비원 '석헌'(류승룡). 어느 날 갑자기 그의 몸에 이상한 변화가 찾아온다. 생각만으로 물건을 움직이는 놀라운 능력, 바로 염력이 생긴 것. 한편, '민사장'(김민재)과 '홍상무'(정유미)에 의해 '석헌'의 딸, 청년 사장 '루미'(심은경)와 이웃들이 위기에 처하게 되고... '석헌'과 '루미', 그리고 변호사 '정현'(박정민)이 그들에 맞서며 놀라운 일이 펼쳐지는데...! 어제까진 초평범, 하루아침에 초능력 이제 그의 염력이 폭발한다!

위에서 알 수 있는 〈염력〉이라는 영화의 제작, 제공하는 관점에서의 문제의식은 '초능력'이라는 것이다. 다시 말해 영화 〈염력〉을 제작하면서 초점을 맞춘 부분은 염력을 중심으로 한 초현실적 능력의 획득과 발현으로 제시되고 있다.

---

42) 염력
https://search.naver.com/search.naver?where=nexearch&sm=tab_etc&mra=b
kEw&x_csa=%7B%22isOpen%22%3Atrue%7D&pkid=68&os=3988682&qvt=0&
query=%EC%98%81%ED%99%94%20%EC%97%BC%EB%A0%A5%20%EC%A0
%95%EB%B3%B4

그렇지만 실제로 영화 〈염력〉에서 드러난 서사는 사회적 문제와 관련이 있어 보인다. 즉 〈염력〉에서 염력이라는 초현실적 능력의 획득과 발현이 중요한 이유는 초능력이 필요하고 환영받을 수밖에 없는 현실 때문이다. 주인공 석헌이나 그의 딸 루미, 그리고 주변 사람들은 모두 자신들에게 주어진 상황에 대응할 현실적 힘이 없다. 그래서 석헌의 염력 획득은 단지 석헌의 개인적 인생사를 바꾸는 문제에 한정되지 않고 그를 둘러싼 사람들의 문제 그리고 사회현실과 관련이 되는 것이다. 다음의 〈염력〉 서사의 주요 내용을 살펴보며 주인공이 영웅으로 변화하며 활약하게 되는 과정을 정리해 보자.

신루미는 젊지만 당차게 치킨 집을 운영하는 여성 사장이다. 아버지 신석헌이 가출하고 나서 어머니와 지내고 있었는데, 그 동네가 재개발구역이 되면서 철거되어야 하는 상황이 되었다. 강제 철거 인력이 동원되고 이에 항거하다가 루미의 어머니가 머리를 다치고 끝내 죽고 만다. 그때 하늘에서 운석이 내려와 약수터 물에 들어갔고, 신석헌이 마침 그 물을 마시게 된다. 신석헌은 맛이 이상한 약수를 먹고 난 뒤 몸이 이상하다고 느끼는데, 그날 저녁부터 물건을 손대지도 않고 자유자재로 움직이는 능력, 즉 염력을 갖게 된다.

그러다 신석헌은 루미의 전화로 루미의 어머니, 즉 전처가 죽었다는 소식을 듣는다. 신석헌은 장례식장에서 태산건설에서 강제 철거로 압박하고 있는 상황을 알게 되지만 자신이나 루미가 이 일에 관여하지 않기를 바란다. 대신 석헌은 루미에게 자신이 돈을 벌 테니 공부하라고 하지만 루미는 이미 아버지 노릇하지 않은 석헌을 신뢰하지 않는다.

그런데 어느 날 태산건설에서 고용한 용역들이 동네를 덮치고 그곳에 있던 석헌이 초능력을 써서 그들을 막아 낸다. 이를 계기로 동네 사람들은 석헌의 초능력에 의지하여 강제 철거에 맞설 수 있다고 기뻐하고 태산건설 쪽에서는 경계한다. 태산건설 홍상무는 석헌으로 인해 철거가 원활하지 않음을 파악하고 용역과 경찰을 활용할 계략을 세우는 한편 석헌을 겁박하며 매수하려 한다. 한편 석헌이 경찰에 감금되어 있는 동안 경찰 병력까지 동원되어 강제 철거가 이루어지고, 철거 현장에서는 폭발로 인해 화재가 일어났음에도 경찰과 용역 사람들이 진입하여 루미와 동네 사람들은 구속될 위기에 처한다. 경찰의 핸드폰으로 사태를 파악한 석헌은 초능력으로 탈출하여 보란 듯 홍상무의 명함으로 차를 망가뜨리고 딸에게로 뛰고 날아서 간다.

석헌은 매달려 있던 김씨를 구하고 용역회사 사람들과 맞서 싸운다. 루미는 경찰에게 잡혀 컨테이너에 잡혔다가 공중에 매달리게 되지만 석헌이 초능력으로 무사히 구한다. 그리고 홀로 경찰 특공대와 용역 사람들에게 가서 스스로 잡힌다. 4년이 지난 후 석헌은 감옥에서 나와 치킨 트럭으로 장사하는 루미와 동네 사람들을 만나 행복해 한다.

〈염력〉의 배경이 되는 상황은 개인적으로 매우 어려운 현실이라 할 수 있다. 주인공 석헌이나 딸 루미 그리고 이들의 주변 사람들이 공통적으로 겪는 어려움은 재개발로 인해 삶의 터전을 빼앗기게 된 상황이다. 〈염력〉이라는 영화 내에서 대립하는 두 집단을 상정하자면 석헌과 루미가 속한 시장 사람들과 태산건설이라는 회사이다.

그런데 경제력도 권력도 없는 시장 사람들은 공권력과 물리적 힘, 재개발 명분 등 모든 것을 가진 태산건설을 감당할 수가 없다. 시장 사람들 편에 서서 도와주려고 하는 사람은 김정현 변호사 하나밖에 없다. 태산건설에서 고용한 용역 사람들이 시장을 덮치며 나가라고 몰아댈 때 시장 사람들이 아무리 힘껏 저항해 보아도 결국 몰려서 쫓겨날 수밖에 없는 처지인 것이다.

우열이 명확한 이 대결 구도에서 석헌이 갖게 됨 염력은 시장 사람들에게 빛과 같은 희망이다. 석현이야말로 아무 별볼 일 없는 존재였다가 염력으로 새 인생을 살게 되었다고 할 수 있다.43) 〈염력〉의 서두에 나오는 석헌의 모습이나 상황은

---

43) 최두영은 "영화 〈염력〉은, 주인공 '석헌'이 우연한 기회에 생긴 초능력을 누구에게, 어떻게, 사용 하는가를 통해 이기적인 변두리형 인간에서, 딸을 지키는 아버지 더 나아가 철거민을 보호하기 위해 공권력과 맞장 뜨는 시민영웅으로의 성장과정을 추적하고 있다."라고 하면서 석헌의 전처가 죽은 이후 초자연적 현상이 시작되었다는 점에서 석헌의 초능력은 죽은 전처의 한에서 비롯된 선물로 볼 수 있다 하였다(최두영, 「한국

그야말로 형편이 없다. 이는 영화가 시작되며 나오는 루미의 청년사장으로서의 성공한 모습과 대조적이다. 루미는 아버지 없이도 당차게 잘 살아가는 여성 사업가로 성장해 있었고, 이에 비해 석헌은 홀로 경비원 생활을 하며 사는 보통 사람이다.

석헌이 왜 가족과 헤어지게 되었는지 명확한 이유는 설명되지 않지만 석헌이 루미와 아내를 버린 것은 확실해 보인다. 루미가 치킨집 사장님으로 텔레비전에 나올 때 인터뷰한 내용으로는 아버지가 루미 열 살 즈음에 갑자기 집을 나갔다고 했고, 그때부터 많은 고생을 했다고 했으니 석헌의 잘못이 커 보인다. 그리고 석헌이 염력을 가지게 되어 기쁜 마음에 루미에게 나타나 잘 살 수 있다고 자부하지만 루미는 과거에 자신들을 버리고 떠난 아버지에게 더 이상 기대도 신뢰도 하지 않음을 드러내며 오히려 화를 내는 장면도 있다. 이로 보아 석헌이 가족을 파탄에 이르게 한 장본인으로 보인다.

루미는 이렇게 어머니와 함께 힘겹게 살면서도 열심히 일하여 어느 정도 자리를 잡는가 했지만 태산건설이 면세 사업권을 받아 시장을 재개발하겠다고 하니 삶의 터전을 빼앗기게 된 것이다. 강제 철거를 시행하며 용역업체 사람들이 와서 행패를 부리고, 루미나 루미 어머니, 그리고 시장 사람들은 있는 힘껏 버티지만 결국 쓰러지거나 도망하게 된다. 루미 어

초능력영화 연구 - 영화 〈경성학교: 사라진 소녀들〉과 〈염력〉을 중심으로 -」,『영상기술연구』 33, 한국영상제작기술학회, 2020, 82쪽.).

머니가 다치게 된 것은 밤중에 들이닥친 용역업체 사람들 때문이다. 딸 루미가 용역업체 사람들에게 폭행을 당하고 쫓겨날 위기에 처하자 루미 어머니가 도와주려 하였으나 강제로 차에서 끌어내려지면서 루미 어머니는 머리를 다쳐 목숨을 잃은 것이다.

주목되는 것은 석헌의 염력 획득 과정이다. 어머니가 수술실에서 돌아가시는 순간 운석이 떨어졌고, 그 운석에서 만들어진 신비한 힘이 약수를 통해 석헌에게 전해지면서 석헌이 염력을 갖게 된 것이다. 은행 경비원 생활을 하면서 겨우 생계를 유지하고 홀로 사는 석헌에게 주어진 염력이 처음에는 많은 돈을 벌 기회 정도의 의미로 다가왔다. 경비원 석헌의 처지는 철거민인 루미와 루미 어머니, 그리고 시장 사람들과 마찬가지로 사회적, 경제적으로 어려운 처지였기에 자신에게 새로이 생긴 염력을 바로 돈과 결부시키는 것이 당연해 보이기는 한다.

그런데 석헌의 돈벌이에 대한 기대와 달리 그는 염력을 루미와 시장 사람들을 살려내는 데 쓰게 된다. 석헌이 염력을 갖게 되면서 시장 사람들이나 태산 건설 사람들이 보는 시각은 달라지게 된다. 왜냐하면 시장 사람들이 강제 철거하러 온 용역 업체 사람들의 압박에 시달릴 때 예전에 석헌이 없었을 때에는 마냥 몰릴 수밖에 없었으나 석헌이 염력을 가지게 된 뒤에는 맞설 수 있게 되었기 때문이다. 석헌이 염력으로 그들을 막아내며 용기 있게 대항하는 모습에서 시장 사람들은 손뼉을 치며 기뻐하고 이제는 석헌만 있으면 저들을 이길 수 있다고 하기도 한다.

이러한 석헌의 염력이 대단한 위력을 가졌다는 것은 태산건설의 태도에서도 알 수 있다. 태산건설에서는 용역 업체를 동원하기까지 했으나 루미네 동네의 철거가 제대로 되지 않자 원인을 찾아 대응한다. 그것이 바로 석헌을 자신들의 편으로 끌어들이는 것이다. 이는 석헌의 염력이 대단한 것임을 인정한 것이라 할 수 있다. 석헌이 자신들의 편이 되면 모든 일이 원활하게 해결될 것이라고 보았기 때문이다.

그럼에도 석헌은 태산건설의 제안에 넘어가지 않는다. 대신 시장 사람들 편에서 그들을 위험에서 구해내고, 태산건설과 한편이 된 경찰에도 대항한다. 이러한 석헌의 활약은 딸 루미를 지키고, 죽은 아내의 원한을 갚는 것이기도 하지만 단지 그러한 의미에 한정되지 않는 더 나아간 의미를 생각하게 한다. 그것은 경제적인 능력도 없고 사회적인 권력도 없는 석헌이라는 한 개인이 태산건설이라는 대형 자본에 맞서고, 용역 업체 사람들의 신체적, 물질적 폭력에 맞서며 태산건설과 같은 편이 된 경찰에까지 대응한 것이다. 이는 석헌이 시장 사람들과 같이 가진 것 없는 사람들의 집단을 대표하여 항거하는 의미를 지닌다.

이렇게 볼 때 영화 〈염력〉은 석헌이 염력이라는 초현실적 능력을 획득하여 가난하고 힘없는 사람들을 대신하여 투쟁한 영웅 이야기라고 할 수 있다. 석헌이 원래 처하고 있던 현실은 가난하고 별 볼 일 없는 은행 경비원의 삶, 그리고 가족도 없이 홀로 사는 삶이었다. 그렇지만 석헌이 염력을 얻게 되면서 많은 것을 할 수 있게 되었다.

그리고 석헌이 한 그 많은 일은 직접적인 자신의 현실을 개선하는 것이라기보다는 자신의 딸과 딸 주변의 사람들을 위한 것이었다. 석헌의 딸과 시장 사람들이 가진 간절한 염원, 삶의 터전을 지켜내고자 하는 의지를 석헌은 염력을 통해 실현시켜 준 것이다.[44] 이러한 점에서 석헌은 미천한 사람이었으나 능력을 획득하여 영웅이 된 인물이다.

그런데 이러한 석헌의 영웅적인 활약에도 불구하고 그 결말은 감옥행이었다. 이는 영화 〈염력〉이 염력이라는 초현실적인 능력을 다룸에도 불구하고 철저히 현실 규약을 엄호하

---

44) 김원은 이러한 점에 대해 다음과 같이 분석한다.
"염원이 간절해 '염력'이 되었다. 그런데 이 절실함은 올 초 극장에 발붙이는 데는 꽤나 힘들었다. 영화 〈염력〉은 여기저기서 난타를 당했다. 만듦새의 문제는 아니었다고 본다. 감독의 스스로 예상치를 훌쩍 뛰어넘는 유명세(?)가 부른 반작용이었을까? 기대했던 방향이 아니라서 실망했다는 꽤 가치 없는 비난이 이어졌다. 슈퍼 영웅의 활약을 예상했던 관객에게 '아재 히어로'의 옷을 입고 사회문제를 다루는 방식이 어딘가 불편했던 모양이다."(김원, 「우리의 꿈은 소박하다 : 용산참사를 다룬 두 영화 〈염력〉과 〈공동정범〉」, 『가톨릭 평론』 15, 우리신학연구소, 2018, 94쪽.).

는 의식을 가지고 있음을 보여준다. 이는 마치 홍길동이 조선에서 왕이 되지 못하고 율도국에 가서 왕이 되는 것과 같이 기존의 사회 체제나 규범을 유지하도록 한 것이다.

다른 한편으로는 석헌이 다수의 약자를 대변하고, 그들을 가진 자의 억압에서 구해주는 구원자였음에도 불구하고, 석헌이라는 한 개인이 전체 사회를 대항할 수는 없으며 집단적 억압자를 감당하기 어렵다는 진실을 말해 준다. 염력이라는 초현실적 요소를 활용했으면서도 그 결론은 현실 내부로 돌아와서 씁싸름한 맛을 느끼게 한다. 물론 최종적인 결말은 석헌이 딸 루미와 함께 행복을 누리는 것이지만 더 이상 염력은 별다른 의미가 없는 능력이다.

■ 〈사이코메트리 그녀석〉

〈사이코메트리 그녀석〉[45]은 tvN에서 2019년 3월 11일부터 2019년 04월 30일까지 방영된 16부작 드라마이다. 주인공 이안(박진영 분)과 그의 친구 윤재인(신예은 분), 이안에게는 키다리 아저씨 같은 강성모 검사(김권 분) 등을 중심으로 이들에게 깊은 상처를 준 화재 사건의 진실을 찾아가는 서사를 보여준다. 이 과정에서 사이코메트리라는 초능력으로 문제를 해결해 나간다.

이 드라마에 대해 공개된 정보로는 "비밀을 마음속에 감춘 윤재인과 상대의 비밀을 읽어내는 '사이코메트리' 능력을 지닌 이안의 초능력 로맨스릴러"[46]라고 하여 영화 장르 상 로맨스와 스릴러의 복합양식임을 표방한다. 그런데 여기에 코메디 요소도 포함되어 있어 다양한 양식의 복합이 드러나는 드라마이다. 이렇게 보면 스릴러에 판타지와 로맨스, 코메디가 복합되어 있다 할 수 있다.[47]

---

45) 전반적인 소개는 다음에서 볼 수 있다.
  사이코메트리 그녀석 https://tvn.cjenm.com/ko/heispsychometric/
46) https://tvn.cjenm.com/ko/heispsychometric/
47) 김병수는 〈사이코메트리 그녀석〉이 판타지 장르가 중심축을 이루면서 로맨스를 만들어 가며, 주변인물과 연관된 범죄사건을 해결하는 과정을 통해 수사극, 스릴러로서의 성격을 복합적으로 갖고 있다고 보았다(김병수, 「드라마 〈사이코메트리 그녀석〉 : - 장르혼합 TV드라마 연출 중심

〈사이코메트리 그녀석〉은 주인공 이안이 사고로 지울 수 없는 상처를 지닌 자신의 문제를 파헤치고, 같은 사고로 또 다른 상처를 지닌 친구 재인의 상처를 치유하며, 사건의 진범을 찾는 개인적 영웅으로서의 활약을 다루고 있다. 이는 고전소설의 영웅들이 민중을 구하고 국가를 세우며 국가에 충성하며 전쟁을 치르는 등 집단 혹은 공동체의 문제를 해결하는 것과는 차별적이다. 사이코메트리로 이안은 스스로를 치유하며, 등장인물들이 가진 각기 다른 상처를 치유하는 개인의 문제를 다루고 있는 것이다. 그렇지만 그렇다고 하여 사회적 문제와 동떨어진 것은 아니다. 이는 개인의 문제가 절대 한 개인에게 국한되지 않는다는 것을 보여주기도 한다. 이를 고려하면서 다음의 내용을 살펴보도록 하자.

우선 이안에 대한 기본적인 정보는 다음과 같다.

- 이안은 불의의 화재 사고로 부모를 잃은 뒤 머리를 크게 다친 후 사이코메트리 능력을 갖게 되었다.
- 이안은 성장하여 고등학교 3학년이 되어 자신이 겪었던 화재 사고와 유사한 화재 현장을 사이코메트리하면서 과거사에 더욱 매달리게 된다.
- 이안은 자신이 가진 사이코메트리 능력으로 화재 방화범으

으로 -」, 동국대학교 대학원 석사학위 논문, 2020, 15-16쪽).

로 몰려 아버지가 수감된 친구 윤재인을 돕게 된다.

• 이안은 부모 없는 고아이며 가진 것 없는 사람이지만 자신
이 가진 능력으로 사고를 당한 사람들, 억울한 사람들을 도와주
고자 하는 능력자이다.

〈사이코메트리 그녀석〉의 회차별 내용을 정리하면 다음과
같다.

• 1회
영성 아파트 방화 사건으로 이안은 부모를 잃고 사이코메트
리 능력을 갖게 된다. 11년이 흐른 뒤, 영성 아파트 방화 사건과
비슷한 한민요양병원 화재가 일어난다. 이안은 말썽에 휘말리
기 일쑤이지만 이안이 겪었던 화재 현장에 함께 있었던 재인과
만나게 된다. 재인의 아버지는 영성 아파트 살인 방화범으로
수감되어 있어 학교생활에 어려움을 겪어 왔다. 학생들이 재인
의 아버지에 대한 것을 알게 되면 도망치듯 학교를 옮겨왔는데
이안의 학교에까지 전학을 오게 된 것이다.

• 2회
이안은 자신이 가진 사이코메트리 능력 때문에 변태로 오해
받기도 하고, 시험지 도둑으로 몰리기도 한다. 이안의 능력은
아직 초급이어서 더 발전할 필요가 있다고 하는데 이안이 사이

코메트리 하지 못하는 대상은 형 강성모이다. 한편 시험지 도둑으로 몰린 이안을 재인이 나서서 돕게 된다. 시험지를 훔친 진범을 알아내기 위해 교무실에 잠입한 이안과 재인은 시험지를 훔친 범인이 학생이 아니라 교사였다는 것을 밝혀낸다. 그리고 재인은 이안이 사이코메트리 능력을 갖고 있다는 것을 알게 된다.

- 3회

재인이 처음에 이안의 능력을 알게 되었을 때에는 사이코메트리로 아버지의 무죄를 확인하고 싶은 마음이 앞섰지만 자신의 아버지가 진범일 수도 있다는 생각에 재인은 혼란스러워 한다. 그러던 중 한민요양병원 화재의 증인이 강성모 검사를 만나러 오다가 변을 당한다. 그리고 재인은 시험지 도둑이었던 수학 교사에게 염산 테러를 당할 뻔하는데 이안의 도움으로 무사히 피하여 서로 친해지지만, 또다시 아버지 문제로 인해 재인은 언젠가 찾겠다면서 떠나버린다. 한편 강성모 검사는 한민요양병원의 방화범이 영성아파트 화재의 범인이라고 확신하게 된다.

- 4회

2년 후, 이안은 경찰공무원 시험을 보다 경찰관이 된 재인과 재회한다. 재인은 경찰이 되었지만 이안의 능력은 별로 발전하지 못했다. 이안이 재인의 근무지를 찾아갔을 때 캐리어에 유기된 여성 시체를 발견한다. 이 사건을 수사하면서 이안과 재인이 협력하는데 강성모 검사가 찾아와 함께 만난다.

- 5회

재인과 이안이 사건을 해결하면서 진실을 밝히는 것이 최선인지를 고민한다. 영성아파트 화재의 날이 악몽 같은 재인과 이안은 그날(재인에게는 아버지가 살인 방화범이 된 날, 이안에게는 부모님이 돌아가신 날) 슬픔에 잠긴다. 강성모는 재인에게 이안의 능력을 발전시켜 줄 것을 제안한다. 그렇지만 재인은 아직 이안이 자신을 사이코메트리 하는 것에 대해 부담을 느낀다. 그러다 이안은 강성모 검사를 뒤쫓는 사람을 발견하고 쫓아가다 칼에 공격을 당한다. 한편 캐리어 속 여성이 한민요 양병원 간호사인지 영성아파트 화재 사고의 실종자인지 수사관은 의문스러워한다.

- 6회

재인은 병원에 있는 이안에게 찾아와 이안의 능력을 발전시키는 훈련에 응하겠다고 한다. 강성모 검사는 재인에게 이안이 자신을 사이코메트리 할 수 있는 수준이 될 때까지 훈련시키라고 한다. 재인은 강성모 검사가 그간 이안에 대한 기록을 바탕으로 1만 시간의 법칙에 따라 사이코메트리 능력을 발전시키려

한다. 이안은 캐리어 속 여성을 사이코메트리하고 그 여성의 몽타주는 강성모 검사의 어머니 얼굴이다. 한편 수감되어 있던 재인의 아버지는 감옥에서 목을 매고 이 소식을 들은 재인은 쓰러진다.

- 7회

재인은 병원에 실려 온 아버지를 만나 위로하고, 이안은 집에 강성모 검사를 따라다니던 남자가 침입한 흔적을 발견한다. 강성모는 그 남자를 찾아 죽이겠다고 선언한다. 캐리어 사건을 조사하다가 간호사를 죽인 범인이 사건의 증인이었다가 죽은 김갑용임을 밝혀낸다. 재인은 아버지가 범인으로 몰린 증거물에 의혹을 갖고, 재인과 안이 먼저 김갑용 조직에 갔다가 강성모 검사와 형사 지수 덕분에 탈출한다. 그리고 재인은 사이코메트리를 허락하고 안은 재인에게 키스한다.

- 8회

이안과 재인은 이제 대담하게 손을 잡고 더욱 가까워진다. 안은 재인을 사이코메트리 하지만 아무것도 보지 못했다고 한다. 한편 지수는 강성모 검사가 변했다고 하며 그 이유가 재인 때문이라고 생각한다. 강성모 검사는 집 복도 CCTV로 자신을 추적하는 남성에게 경고한다. 캐리어 속 여성과 김갑용을 죽인 자를 추적하는 중 강 검사는 지수에게 빠지라고 한다. 이안은 성모의 국어사전에서 감정어들에 줄이 그어져 있음을 보고, 국어사전을 사이코메트리 하여 성모의 과거를 읽는다.

- 9회

안이 감정을 학습한 장면을 사이코메트리로 보았다고 성모에게 말한다. 지수는 홍 박사에게 보육원에서 성모를 처음 만났던 것을 이야기하고, 성모에 대해 보고하도록 후배에게 지시한다. 안과 재인은 더 친해지고 첫 데이트를 하며 대봉이 어떻게 안의 능력을 알게 되었는지 등 학창 시절을 이야기한다. 한편 홍 박사는 가짜 강희숙이 성모의 어머니 강은주라고 의심한다는 말을 지수에게 하고, 지수는 가짜 강희숙의 행적을 발견하고도 말하지 않은 성모에 대해 이상하게 여긴다. 재인이 지내는 치안센터 주변에서 안이 의심스러운 남자를 보고, 안은 재인의 아버지가 누군지 알게 된다.

- 10회

안과 재인은 서로가 영성 아파트 사건의 피해자와 가해자라는 것을 알고 충격에 빠진다. 한편 가짜 강희숙이 화재로 죽은 줄 알았던 강성모의 어머니임을 드러나는데, 갑자기 성모는 휴직계를 내고 사라진다. 성모는 재인에게 들러 재인의 아버지가 범인이 아니라는 것을 알고 있다고 말한다. 치안센터 CCTV는 계속 망가지고, 재인은 납치된다. 안이 재인의 휴대폰을 발견하여 재인은 납치되었음을 안다.

● 11회

재인은 납치되어 위험에 처하고 재인을 찾기 위해 이안과 경찰들은 노력하지만 오리무중이다. 한편 CCTV로 용의자 얼굴을 확보한 경찰이 납치범을 쫓기 시작한다. 안은 홀로 사이코메트리로 재인을 찾아낸다. 그리고 영성 아파트 살인 화재범이 재인의 납치범임을 알게 된다. 납치범을 추적하며 강성모가 어린 시절 어머니와 함께 9년이나 지하실에 감금되어 있었다는 것을 알게 된다.

● 12회

발견한 지하실에서 이안은 성모의 과거를 사이코메트리로 알아내게 되고, 납치범의 이름이 강근택이라는 것도 알게 된다. 영성 아파트 화재 사건이 소방시설 문제였음에도 불구하고 지수 아버지 은병호의 승진 욕망으로 범인이 아닌 사람을 지목하여 덮었음을 지수가 확인한다. 재인과 안은 강근택이 앵벌이 조직과 관련 있음을 발견하고 유령 지하철 세경역에 가서 범인의 물건을 발견한다.

● 13회

범인을 찾은 줄 알았지만 강은주임을 알고 이안과 재인이 지수에게 강국역으로 가야 함을 알린다. 지수는 성모가 근택을 위협하는 것을 말리려다 칼에 찔려 죽는다. 뒤늦게 강근택을 쫓기 시작한 이안은 사이코메트리를 통해, 성모가 감정을 느낄 수 없다는 것과 상처 깊은 과거를 접한다. 강은주를 통해 그간의 사실과 영성 아파트 화재의 범인이 성모라는 의혹을 갖게 된다.

- 14회

이안은 재인에게 영성 아파트의 진범이 성모일지 모른다고 말한다. 한편 성모는 강근택을 찾아내어 잡아둔다. 이안과 재인은 진실을 증명하기 위해 노력하는 한편 강은주를 설득한다. 수사를 진행하며 김용택의 '그분'이 강성모였음을 알아내고, 강근택과 성모를 찾는 수사를 계속한다. 그러던 중 강성모가 나타나 사건에 대해 진술한다.

- 15회

성모는 사이코메트리를 부정하는 진술을 하고서도 자신을 사이코메트리 하여 이안이 강근택을 찾아낼 수 있게 하고, 강은주와 함께 집으로 돌아간다. 이안은 사이코메트리로 알게 된 정보를 바탕으로 강근택을 찾아다닌다. 영성 아파트 화재 사건에 대해 검찰은 수사하지 않으려고 한다. 성모는 강은주와 헤어지고 성모는 다시 사라진다. 이안은 영성 아파트 702호에서 사이코메트리로 진실을 알게 되고 쓰러진다.

- ● 16회

이안은 성모가 어디 있을지 알겠다고 하며 성모를 찾고, 성
모는 모두 자백한다. 검찰이 장부로 성모와 협상하려 했다는
것을 알고 장부를 찾아 검찰 등 부패한 세력을 밝힌다. 강근택
이 재판정에서 모든 사건을 부인하자, 강은주가 증인이 되어
사형 선고를 받는다. 강성모는 정상참작으로 13년 형을 받는다.

〈사이코메트리〉의 두 주요 인물, 이안과 강성모는 모두 부
모님 없이 보육원에서 자랐다. 그러다가 성모가 이안을 데려
와 같이 살고 있으니, 안과 성모는 가족과 같은 관계라고 할
수 있다. 그런데 이 두 인물은 모두 부모님과 관련하여 매우
깊은 상처를 지니고 있다. 이안은 부모님의 죽음을 화재로 직
접 겪었고, 성모는 납치범이자 성폭행범인 아버지와 상처 깊
은 어머니로 인해 감정적 어려움을 갖고 있다.

그리고 이안과 강성모의 주변에는 윤재인이라는 상처 많은
여성 인물이 있다. 재인은 안의 친구인데, 재인의 아버지는
영성 아파트 화재 사건의 피의자가 되어 현재 감옥살이를 하
고 있다. 아버지가 화재범이라는 사실을 믿지도, 받아들이지
도 않는 재인은 아버지의 누명을 벗기고자 한다. 한편 은지수
는 경찰 총장의 딸이면서 현재 경찰이다. 성모와 친밀한 관계

를 갖고 싶어 하지만 잘 되지 않아 안타까워하던 중 성모와 안이 겪은 일을 모두 알게 되고, 성모를 돕다가 죽는다.

한미한 개인 혹은 미천한 개인이 어떤 능력을 가지게 되어 그 능력을 통해 다른 사람을 위해 좋은 일을 하는 것이 영웅 이야기의 내용이라고 한다면 〈사이코메트리 그녀석〉의 이안 은 영웅에 해당한다고 할 수 있다. 이안이 화재 사고로 부모를 잃었다는 점은 영웅 일대기의 기아 모티프와 동일선상에 놓 을 수 있다. 이안이 부모에 의해 의도적으로 버려진 것은 아니 지만 화재 사고라는 의도하지 않은 사건에 의해 부모를 잃고 고아가 되었기 때문이다.

그런데 〈사이코메트리 그녀석〉의 이안이 겪는 성장 과정은 영웅 일대기의 구원자 모티프와는 궤를 달리한다. 왜냐하면 영웅이 구조를 받고 도움을 받게 되는 계기는 조상이나 하늘 이 보내준 구원자를 만나는 것인데 이안은 오히려 적대자 혹 은 가해자에 해당하는 인물이 도와주는 기이한 구도가 제시 된다. 이안이 친형처럼 의지하고 이안을 부모처럼 돌보아 준 성모가 사실은 이안의 부모님을 죽게 한 진짜 범인이었기 때 문이다.

성모는 따지고 보면 제대로 된 악인으로, 이안을 위하는 존 재인 것처럼 보이지만 이안과 대립하는 악역이기도 하다. 검 사로서 사건을 일으키기도 하고 자신의 죄를 숨길 수 있는 힘 을 가지고 있으며 실제 살인을 저지른 범인이기 때문이다. 그렇지만 아이러니하게도 성모는 피해자이기도 하다. 강근택은 성모의 어머니를 감금하였으며, 성모도 그때 태어난 아이였던 것이다. 성모의 아버지는 감금자이자 폭행자이며 평생 성모와 성모 어머니를 괴롭힌 괴물 같은 인물이다. 성모의 아버지 강근택은 사회적으로 존재하지 않는, 다시 말해 살아 있기는 하지만 주민등록번호가 없기 때문에 사회적으로 살아 있는 사람이 아니다. 성모는 그런 강근택에 의해 9년 동안이나 어머니와 함께 지하실에 감금되어 있다가 탈출한 것이었다.

성모는 사람이 느끼는 감정을 알지 못하는 '알렉시티미아(Alexithymia, 감정표현 불능증)를 갖고 있는데, 이는 강근택에게서 물려받은 것이었다. 그래서 세상에 존재하는 것들, 감금되어 있어서 볼 수 없었던 것들과 슬픔, 기쁨과 같은 감정의 의미를 성모는 사전으로 익혀야 했던 것이다. 가까스로 탈출한 성모는 숨어 살고 있었으나 끈질기게 찾아다니는 강근택에게서 자신과 어머니를 지키기 위해 살인과 방화를 저지르게 되었다.

〈사이코메트리 그녀석〉에서 이안은 매우 개인적인 고통과 슬픔, 아픔을 보여준다. 어린아이가 자신의 부모가 죽는 장면을 목도하고 홀로 남아 고아로 자라야 하는 것은 일반적으로 보기 드문 일이면서 개인적으로 매우 고통스러운 일이라 할 수 있다. 어쩌면 그래서 이안이 사이코메트리라는 초능력을 선물처럼 받았을지 모를 일이다.

이안의 이러한 처지는 우리 고전 서사의 전통 속에 있는 영웅들과 비슷하다. 부모가 있으나 부모 없이 살아야 하고, 그러한 어려움을 겪는 동안에는 누군가의 도움을 받아야 한다. 이안은 8살 때 아파트 화재 사건으로 부모를 잃었기 때문에 보육원에서 자라야 했고, 자신이 가진 사이코메트리 능력 때문에 오히려 괴로움을 겪었다. 그래서 이안은 점차 성장을 하였지만 정작 사이코메트리 능력은 발전하지 않았다.

이러한 더 이상 발전하지 않은 이안의 사이코메트리 능력의 문제로 그가 사이코메트리로 파악한 정보가 부정확하고 파편적인 경우가 많았다. 그리고 이상하게도 성모에게는 이안의 사이코메트리가 전혀 통하지 않았다. 역설적인 것은 정작 이안의 사이코메트리 능력을 발전시킨 사람이 성모라는 것이다. 그래서 사이코메트리 능력이 점점 발전한 이안은 결국 성모의 과거를 모두 다 알게 된다.

이렇게 사이코메트리 능력은 부모 없이 어렵게 자란 이안이 부모님을 돌아가시게 한 화재 사건을 파헤치고, 재인의 아버지가 쓴 누명을 벗기고, 화재의 진범을 찾는 등 범죄 사건 해결에 사용된다. 이러한 주요 사건이 누구와 관련되는지를 보면 개인적인 문제를 해결한 것처럼 보이기도 한다. 그렇지만 실상 그 개인적인 문제들 뒤에는 집단적, 사회적 부패 문제가 있다.

영성 아파트 화재 사건 이전에 재인의 아버지가 경비로 있으면서 소방시설 문제를 제기하였으나 오히려 해고 통보를 받았고, 정작 화재 사건이 일어났을 때에는 소방시설 미확보 문제를 숨기기 위해 재인의 아버지에게 누명을 씌웠다. 그런 가 하면 성모는 9년이나 감금당해 있었고, 성모의 어머니는 강근택에게 납치되어 아이까지 낳고 감금되어 있었으나 경찰들은 이 문제를 오히려 덮어버린다. 자신들의 무능함이 드러날까 두려워하여 숨긴 것이다.

그래서 이안의 사이코메트리를 통한 활약은 오랫동안 풀수 없었던 미제 사건을 해결함으로써 개인의 고통이 단지 개인의 잘못에서 비롯된 것이 아니라 해결해야 할 문제를 사회가 책임지지 않아 생긴 것임을 드러낸다. 개인이 당한 사건, 개인의 고통이 단지 개인의 잘못이나 책임이 아닐 수 있음을 보여준 것이다.

12화에서 성모에 대해 지수와 홍 박사가 나누는 대화에서, 성모가 죽을 힘을 다해 쇠사슬을 끊고 나왔지만 사람들은 성모 모자를 돕기는커녕 외면했다는 비판이 나온다. 그리고 "지하실이 끔찍했을까? 세상이 더 끔찍했을까?"라는 질문을 통해 도움을 받아야 할 사람들이 도움을 받지 못한다면 그것은 고통받는 현실보다 더 끔찍한 고통이 될 수 있음을 말한다. 성모는 사건의 전말이 밝혀지고 문제가 해결된 다음 자수하여 자신이 저지른 일에 대해 형벌을 받는다.

〈사이코메트리 그녀석〉은 고아로 자라게 된 이안이 사이코메트리 능력으로 자신과 주변 사람들에 얽힌 사건을 해결하면서, 개인의 문제로 보이는 사건들이 실상은 사회적으로 책임져야 할 일임을 보여주는 또 다른 유형의 영웅 이야기라 할 수 있다. 강성모라는 피해자가 스스로 검사가 되어 사건을 밝힐 때까지 아무도 도와주지 않았다는 것에 대해 사회적 책임을 묻는 드라마이며, 자신의 힘으로 개인사를 해결하고 징벌을 내리려다 범죄를 저지르게 되는 안타까운 현실을 문제 삼았다고도 할 수 있다.

■ 〈브루스 올마이티〉

〈브루스 올마이티〉48)는 짐 캐리, 모건 프리먼 등이 출연하고 2003년에 개봉된 영화이다. 짐 캐리가 분한 브루스 놀란의 성장 과정을 웃음과 함께 그리고 환상적 요소를 가미하여 보여준다. 〈브루스 올마이티〉의 주요 서사를 정리하면 다음과 같다.

미국의 방송국 뉴스 리포터인 브루스는 흥미로운 보도를 위해 노력하며 앵커 자리에 앉기를 원한다. 브루스는 곧 은퇴할 앵커의 후임이 되고 싶어 상사에게도 부탁하였지만 브루스가 나이아가라를 취재하는 동안 경쟁자 에반 백스터가 앵커가 된다. 인터뷰 중에 이를 알게 된 브루스는 분노하여 방송을 엉망으로 만들고 급기야 방송국에서 쫓겨난다.

여자친구 그레이스는 남자친구를 위로하지만 브루스는 상심에서 헤어나지 못한다. 그레이스가 준 묵주로 기도를 해 보지만 앞으로 제대로 보지 않아 차가 망가지고 화가 난 브루스는 묵주를 던져버리고 하늘에 욕을 퍼붓는다. 그런데 알 수 없는 번호로 계속 삐삐가 와서 삐삐도 버려서 망가뜨리지만 계속

---

48) 〈브루스 올마이티〉에 대한 전반적인 정보는 다음에 잘 소개되어 있다.
https://namu.wiki/w/%EB%B8%8C%EB%A3%A8%EC%8A%A4%20%EC%98%
AC%EB%A7%88%EC%9D%B4%ED%8B%B0

작동하는 것을 보고 이상하게 여겨 그 번호로 전화를 한다.

삐삐로 연락이 온 곳은 전지전능 주식회사(Omni Presence)였는데, 그곳에 가서 만난 청소부가 자신이 신이라 하고 자신보다 신의 역할을 잘할 수 있다면 브루스를 전지전능하게 해 주겠다고 한다. 설마 하며 건물을 나섰던 브루스는 그 청소부의 말대로 전지전능한 능력을 가지게 된다. 브루스가 원하는 대로, 말하는 대로 모든 것이 변하고 실행된다.

자신의 전지전능한 능력을 확인하게 된 브루스는 마음 내키는 대로 능력을 실행한다. 그리고 그 능력을 여자친구 그레이스의 마음을 돌리고 이끄는 데에도 사용한다. 그레이스의 화를 풀기 위해 꽃도 만들어 선물하고, 멋진 밤을 위해 달을 끌어당겨 주기도 한다. 그러나 그 일은 해일과 같은 엄청난 재난도 가져오지만 브루스는 무시한다.

브루스는 심지어 자신의 능력으로 특종을 만들어 방송국에 복귀하는 수단으로 사용하기도 한다. 자신이 보도할 사건을 스스로 만들어 내는 것이다. 그래서 브루스는 승승장구하며 특종 잘 만드는 기자로 인정받기도 한다. 동시에 브루스는 자신의 라이벌인 에반을 곤란하게 하고 실수하게 하여 마침내 앵커 자리를 맡게 된다.

한편 브루스는 이런 식으로 모든 것을 마음대로 하며 편하게 살면 된다고 생각했지만 갑자기 사람들의 기도 소리가 들리기 시작한다. 신의 능력으로도 그 많은 기도를 처리하는 것이 잘

되지 않자 기도 내용에 상관없이 모두 들어주도록 처리해 버린다. 브루스는 세상에서 일어난 그 많은 사고와 재난이 자신이 모두 들어준 기도 때문이라는 것을 알고 충격에 빠진다.

또한 브루스는 그레이스와 생긴 불화도 신의 능력으로 어찌할 수 없는 문제를 겪는다. 이때 전지전능주식회사에 다시 가게 된 브루스는 깨달음을 얻고 변화한다. 자신이 가진 능력이 오히려 사람들을 불행하게 한 것을 보고 절망하여 도로에서 외치다가 트럭에 치인다. 정신을 잃은 동안 브루스는 신을 만나고 그레이스를 위한 진심 어린 기도를 하자 그것을 이루어주겠다는 말을 듣고 깨어난다.

브루스는 기적처럼 살아나고 그레이스와 다시 만나 행복해한다. 브루스는 진정한 삶의 가치와 소중한 것을 깨닫고 에반에게 앵커 자리를 돌려주고 다시 보도 기자가 된다.

〈브루스 올마이티〉는 제목 그대로 브루스라는 사람이 어느 날 전지전능한 힘을 갖게 된 이야기이다. 브루스가 갖게 된 능력은 온 천지 만물의 모든 것을 마음대로 부릴 수 있는 것으로 브루스가 노력하여 얻은 것은 아니다. 전우치가 구미호의 호정을 먹고, 천서를 읽고 도술 능력을 갖게 된 것이나[49] 〈염

---

49) 〈전우치전〉과 〈브루스 올마이티〉를 문화 확장적 읽기라는 관점에서 비교한 바 있다(서유경, 「〈전우치전〉 읽기의 문화적 확장 탐색 -〈전우치전〉과 〈브루스 올마이티〉의 관련성을 중심으로-」, 『독서연구』 20, 한국

력)의 주인공이 우연히 마신 물을 먹고 염력을 가지게 된 것
과는 차이가 있다. 브루스가 전지전능함을 갖게 된 과정은 매
우 상호작용적이다. 우연히 주어진 것처럼 보이지만 브루스
의 불만에 신이 응답하듯 호출하였기 때문에 그런 능력을 얻
을 기회가 생긴 것이고, 마찬가지로 브루스가 응하였기 때문
에 그 능력을 가질 기회가 있었던 것이다.

브루스는 방송국의 리포터로 일하고 있기 때문에 그렇게
처지가 나쁘다고 할 수는 없을지 모른다. 그렇지만 브루스는
자신의 업무에 별로 만족하지 못하고 앵커 자리를 차지하고
싶어 발버둥을 친다. 브루스의 노력도 허사로 돌아가고 에반
이 앵커가 되니 브루스의 분노가 폭발하고 결국 리포터 자리
에서도 쫓겨나고 만다.

이러한 브루스가 보이는 삶의 모습은 매우 소시민적이
다.[50] 다시 말해 브루스는 무언가 가져야 제대로 살 수 있을

독서학회, 2008.). 이 연구에서는 〈전우치전〉과 〈브루스 올마이티〉를 도
술적 능력 대 전능성, 주관적 정의 실현 대 개인적 욕구 충족, 한계 인식
대 깨달음을 통한 자아 성장의 측면에서 비교하고, 이러한 이야기의 향
유 문화적 의미를 당대적 현실 문제를 해결하고, '만약의 기대 구현으로
개인적 소망을 성취하며, 깨우침에 이르는 성장 과정 등에서 찾았다.

50) 최성근은 〈브루스 올마이티〉에 대해 기적을 바라고 소망하는 영화로
해석하면서, "영화 속 브루스는 버펄로라는 도시에 살아가면서 현실을
뛰어넘는 이상적인 기적이 일어나기를 소망하는 소시민을 대표한다."고
보았다(최성근, 「영화 '브루스 올마이티'_기적을 꿈꾸는 도시, 버펄로
(Buffalo)」, 『국토 : planning and policy』 407, 국토연구원, 2015, 91쪽).

것 같은 욕망, 더 좋은 자리에 가고 싶은 소망을 가진 보통 사람들을 표상한다고 할 수 있다. 그래서 신에게서 전지전능한 능력을 부여받은 브루스는 누구에게나 부러움을 살 만한 것이다.

신과 같은 능력을 지니게 된 브루스는 당장에 자신이 하고 싶던 일을 모두 다 마음대로 만들어 버린다. 앵커 에반을 난처하게 하여 앵커 자리에서 쫓겨나게 하고 자신이 그 자리에 앉는다. 그리고 자신의 연인을 기쁘게 하기 위해 달을 끌어당기고 편리하게 살기 위해 전지전능한 힘을 사용한다. 이렇게 브루스는 자신이 가진 능력을 지극히 개인적인 욕망 충족을 위해 사용한다. 그리고 신으로서 해야 하는 업무는 게으름을 피워 모든 사람의 기도에 "OK"라고 해 버려서 사람들이 재난을 겪고, 오히려 온 세상이 혼란에 빠지게 된다.

이렇게 브루스가 전지전능함이라는 능력을 얻어 그 능력을 발휘한 부분은 지극히 개인적인 영역이다. 브루스가 자신이 아무렇게나 모든 기도를 다 허락한 결과가 어떤지 보고 충격을 받기 전까지는 진정한 영웅이 될 수 있는 능력을 자신의 욕망 충족에만 사용한 것이다.

그래서 〈브루스 올마이티〉에서 형상화되는 영웅의 모습은 전지전능한 능력으로 기세등등하여 천지조화를 마음대로 할 때가 아니라 그 능력을 온전히 사용하지 못하는 자신을 부정하며 절망할 때 드러난다. 브루스가 자신이 행한 일의 결과를 보고서야 진정한 영웅으로서의 자질을 갖추게 된 것이다. 이러한 점에서 〈브루스 올마이티〉는 여느 영웅 이야기와 차별적이라 할 수 있다.

〈브루스 올마이티〉의 이런 성격에서 〈전우치전〉과 유사성을 알 수 있다. 이 이야기들은 영웅으로서의 능력이나 활약 이면의 궁극적 목표로서 바람직한 삶을 추구하는 문제의식을 드러낸 것이라 할 수 있다. 브루스는 그 모든 과정을 거치고 나서 오히려 소박한 행복을 추구하며 일상으로 돌아간다. 그래서 브루스에게 있었던 전지전능함이 더 이상 아무 필요 없는 삶을 누리게 된다. 이는 전지전능함 없이도 만족스러운 삶을 살 수 있음을 말해 준다. 전우치는 이에 더해 일상이 아니라 더 깊은 깨달음을 추구하기 위해 산으로 들어간다. 그래서 〈브루스 올마이티〉와 〈전우치전〉은 영웅적 능력을 가지고 우월하게 사는 것보다 진정한 삶의 깨달음에 대한 추구가 더욱 중요하다는 것을 말해 주는 이야기라 할 수 있다.

■ 〈스파이더맨〉(2002)

스파이더맨은 마블 코믹스의 등장인물 중 하나이다. 1962
년 8월에 발간된 어메이징 판타지(Amazing Fantasy) 15호에 처
음으로 등장했다.[51] 만화로 만들어진 〈스파이더맨〉은 2002년
에 드디어 영화로 제작된다. 말하자면 20세기의 이야기가 21
세기에도 지속적으로 제작, 향유된 것이어서 〈스파이더맨〉은
그 자체로 긴 향유 역사를 지니고 있다. 2023년에도 새로운
〈스파이더맨〉의 애니메이션 영화로 〈스파이더맨: 어크로스
더 유니버스〉가 나오기도 했다.

실사 영화 〈스파이더맨〉의 주연 배우도 제작 연도에 따라
다양하다. 연도별로 제작된 영화 〈스파이더맨〉의 주연 배우
를 정리하면 다음과 같다.[52]

> 스파이더맨 (2002) - 토비 맥과이어
> 스파이더맨 2 (2004) - 토비 맥과이어
> 스파이더맨 3 (2007) - 토비 맥과이어
> 어메이징 스파이더맨 (2012) - 앤드류 가필드

---

51) 스파이더맨
   https://namu.wiki/w/%EC%8A%A4%ED%8C%8C%EC%9D%B4%EB%8D%94
   %EB%A7%A8

52) https://ko.wikipedia.org/wiki/%EC%8A%A4%ED%8C%8C%EC%9D%B4%EB%
   8D%94%EB%A7%A8

어메이징 스파이더맨 2 (2014) - 앤드류 가필드

캡틴 아메리카: 시빌 워 (2016) - 톰 홀랜드

스파이더맨: 홈커밍 (2017) - 톰 홀랜드

어벤져스: 인피니티 워 (2018) - 톰 홀랜드

어벤져스: 엔드게임 (2019) - 톰 홀랜드

스파이더맨: 파 프롬 홈 (2019) - 톰 홀랜드

스파이더맨: 노 웨이 홈 (2021) - 톰 홀랜드

〈스파이더맨〉은 만화 책자에서 시작되어 TV 애니메이션, 애니메이션 영화, 비디오 게임, 그리고 영화에 이르기까지 매우 다양한 매체 양식으로 제작되어 왔다. 만화가 나온 시점부터 보면 〈스파이더맨〉의 역사는 무려 60여년에 이른다 할 수 있다. 스파이더맨과 같은 영웅 캐릭터는 여럿 있지만 이 정도로 오랫동안 다양한 작품으로 존재해 온 경우는 드물어 보인다. 스파이더맨은 매우 긴 시간 동안 인기를 누리며 사랑받는 인물이라 할 수 있을 것이다. 여기서는 영화 〈스파이더맨〉(2002)의 주요 내용을 다음과 같이 정리해 보았다.

고등학교 3학년 학생인 피터 파커는 소심한 성격과 허약한 체격 때문에 학교에서 무시당하기 일쑤이다. 컬럼비아 대학교로 견학을 가는 아침에 피터는 학교 버스를 놓칠 뻔하지만 피터가 짝사랑하는 여학생 메리 제인 왓슨(MJ)이 버스를 세워 달라고 요청하여 간신히 버스에 탑승한다.

피터는 늘 이렇게 메리 제인의 남자친구 플래시 톰슨과 그의 무리에게 놀림과 폭행을 당한다. 간신히 버스에서 내린 피터 옆으로 롤스로이스 한 대가 서고, 노먼 오스본의 아들이자 피터 파커의 유일한 친구인 해리 오스본이 내린다. 해리는 아버지 노먼에게 피터를 소개한다. 피터가 노먼과 인사하며 논문을 잘 봤다고 하니 노먼은 피터의 똑똑함에 놀라고 부모님이 자랑스러워하실 것이라고 한다. 그러자 피터는 부모님이 안 계셔서 삼촌과 함께 살고 있다고 말한다. 피터는 해리에게 아버지가 좋은 분 같다고 하지만, 해리는 자신의 아버지가 천재들에겐 친절하다고 말한다.

컬럼비아 대학 내 유전자 연구소에 들어간 해리와 피터는 둘 다 동시에 좋아하는 메리 제인에게 말을 걸고 싶어 한다. 해리는 메리 제인에게 피터에게 들은 전자 현미경과 유전자 변이 거미에 대한 설명으로 친해지려 하다가 선생님의 제재를 받고 퇴장 당한다. 피터는 학보에 싣는다고 하며 메리 제인의 사진을 몇 장 찍는다. 이때 피터 머리 위쪽에서 유전자 변이 거미가 내려와 피터의 손가락을 문다.

삼촌과 함께 사는 집에 돌아온 피터는 지쳐서 바로 잔다. 피터가 깨어났을 때 자신의 몸에 변화가 생긴 것을 깨닫는다. 좋은 시력과 동체 시력, 예민한 몸의 감각, 엄청난 반사 신경과 힘도 갖게 된다. 그리고 손목에서는 거미줄이 발사되고, 손가락에서는 돌기가 자라나 벽을 탈 수 있게 된다.

한편 해리의 아버지 노먼은 슈퍼 솔져를 개발하기 위해 군용 슈트와 신체의 잠재 능력을 향상시키는 약물을 만든다. 노먼의 동료 스트롬 박사가 신체강화 약물의 실험은 성공적이었으나, 폭력성이 심각하게 증대되는 부작용이 있다고 하며 장관에게 보고하자 장관은 노먼을 질책하며 국가의 지원이 라이벌 회사에 넘어갈 수도 있다고 경고한다. 압박을 느낀 노먼은 자신의 몸에 약물을 투여하고, 스트롬 박사를 살해한다.

피터는 급식실에서 거미줄을 잘못 발사해 플래시 톰슨의 뒷통수에 급식판을 엎고 그와 싸우게 된다. 강력한 힘을 얻게 된 피터는 학생들 앞에서 자신을 괴롭히던 플래시와 무리에게 망신을 준다. 자신을 괴물처럼 보는 시선에 학교를 뛰쳐나가 방황하던 피터는 거미의 유전자가 자신에게 들어왔다는 것을 깨닫는다. 피터는 유전자 거미에게서 온 능력으로 돈을 벌고자 상금 3000달러를 준다는 레슬링 경기에 출전하기로 하고 스파이더맨 의상을 구상한다.

피터의 삼촌은 피터가 말 못 할 고민을 하고 있다고 생각하여 이야기를 건넨다. 피터의 이야기를 듣고 플래시가 잘못했더라도 피터에게 플래시를 때릴 권리가 있는 것은 아니라며, "큰 힘에는 큰 책임이 따른다."고 한다. 하지만 피터는 삼촌에게 아버지처럼 굴지 말라고 화를 내고 레슬링장에 간다. 피터는 단 2분 만에 레슬링 승자가 되지만 경기장 직원은 승자가 되는 데

3분이 아닌 2분이 걸렸으므로 상금을 100달러만 준다고 한다.

피터가 화를 내고 나가는데 강도가 들어와 직원의 돈을 훔쳐간다. 그러나 피터는 "나하고는 관계없는 일이다."라며 두 손 놓고 지켜보기만 한다. 삼촌과의 약속 장소에 간 피터는 피터를 기다리던 삼촌이 총에 맞아 죽어가는 모습을 본다. 피터는 울부짖다 범인이 도망가고 있다는 말을 듣고 추격한다. 삼촌을 살해한 강도를 잡은 피터는 자신이 레슬링장에서 놓아준 강도라는 사실을 깨닫고 충격에 빠진다. 강도가 겁을 먹고 뒷걸음질을 치다가 파이프에 발이 걸려 넘어져 건물 아래로 떨어져 추락사한다. 피터는 의도치 않은 삼촌의 죽음과 강도의 죽음에 상심한다. 피터는 이 일을 계기로 삼촌이 "큰 힘에는 큰 책임이 따른다"라고 한 말의 의미를 이해하고 자신의 힘을 좋은 일에만 쓰기로 한다.

피터는 스파이더맨 사진을 팔아 생계를 유지하며 스파이더맨의 능력으로 많은 시민들을 돕는다. 그런데 신문사에서는 피터가 스스로 찍은 스파이더맨 사진으로 '영웅인가 사회악인가'라는 기사를 내보낸다. 피터는 메리 제인으로부터 친구 해리와 사귄다는 소식을 듣는다. 피터는 파티에서 사진을 찍다가 해리와 메리 제인이 함께 있는 것을 보고 씁쓸해한다. 이때 노먼의 회사에서 만들어 낸 괴물 그린 고블린이 나타나 파티 현장을 파괴하고 사람들을 죽인다. 피터는 스파이더맨으로 변하여 그린 고블린을 쫓아내고 메리 제인을 구한다. 메리 제인은 고마

위하며 스파이더맨이 누구인지 궁금해하고 피터는 그린 고블린의 정체에 대해 고민한다.

노먼은 자택에서 정신 착란증에 시달리다 고블린의 인격과 조우하는데, 고블린의 인격에 굴복한 노먼은 신문사에 침입해 편집장에게 스파이더맨의 사진을 찍은 사람을 데려오라고 협박한다. 편집장은 이에 굴하지 않고 피터의 정체를 숨겨준다. 한편 강도를 만난 메리 제인을 피터가 스파이더맨이 되어 구한다. 피터는 마침내 스파이더맨의 모습으로 메리 제인과 키스한다.

한편 피터는 화재 현장에서 사람들을 구하다가 그린 고블린과 다시 싸운다. 싸움 도중에 팔에 상처를 입은 피터가 집으로 갔는데, 집에 피터의 숙모와 해리, 메리 제인이 모여 추수 감사절 모임을 갖고 있었다. 그런데 여기 노먼이 참석하였다가 피터의 팔에 난 상처를 보고 피터가 스파이더맨임을 직감한다.

피터가 스파이더맨이라는 것을 알아챈 노먼은 피터가 가장 소중히 여기는 사람이자 유일한 가족인 숙모를 습격한다. 피터는 그린 고블린이 자신의 정체를 알아챘다는 것을 알고 큰 충격에 빠진다. 다행히 숙모는 큰 피해를 입지 않았는데, 숙모와 피터의 짝사랑 이야기를 하다가 모든 사람들이 피터의 짝사랑을 알고 있다는 말을 듣고 불길함을 느낀 피터는 메리 제인에게 연락한다.

그러나 그녀는 이미 그린 고블린에게 납치당한 뒤였다. 피터는 그린 고블린을 추격하여 메리 제인을 구출하고 시민들의 도움에 힘입어 인질로 붙잡힌 아이들까지 구출하는데 성공한다. 그러나 그린 고블린의 기습공격에 당해 폐건물로 끌려간 피터는 죽기 일보 직전이 된다. 그린 고블린과 사투를 벌이다가 피터는 그린 고블린의 정체가 노먼이라는 것을 알게 된다. 노먼은 경악한 피터에게 "한 번만 봐달라. 난 네 아버지 같은 사람이잖냐, 내 아들이 되려무나."라고 회유하며 피터를 함정에 빠뜨리려 했지만 오히려 노먼이 치명상을 입고 "해리에겐 말하지 말아 달라"는 말을 피터에게 남기고 사망한다.

피터는 그린 고블린의 슈트를 벗기고 노먼의 시신을 저택에 고이 눕혀주는데 이를 본 해리가 스파이더맨이 자신의 아버지를 죽였다고 오해한다. 노먼의 장례식에서 해리는 피터에게 자신이 스파이더맨에게 복수할 것이라고 다짐한다.

메리 제인은 삼촌의 무덤 앞에서 피터에게 고백하며 키스하지만 피터는 친구로만 지낼 수 있다며 그녀의 고백을 거절하고 묵묵히 걸어간다. 메리 제인은 문득 피터와 스파이더맨이 너무 비슷하다는 걸 깨닫는다. 피터는 메리 제인을 뒤로 한 채 삼촌의 말을 되새기며 영웅의 길을 걷기로 다짐한다.

고등학교 3학년생 피터는 조실부모하여 고아 같은 처지에 있으면서 학교에서는 집단 내에서 따돌림과 놀림의 대상이 되는 사회적 약자였다.[53] 피터는 부모님이 계시지 않았기 때문에 삼촌, 숙모와 함께 살았으며, 친구라고는 부잣집 아들 해리밖에 없었다. 옆집에 사는 메리 제인을 마음 깊이 좋아하였으나 자신의 처지에 말도 한 번 꺼내보지 못한다. 이러한 피터의 상황은 우리 고전 서사에서 미천한 신분에 있던 영웅과 유사하다.

그런데 이렇게 자신감 없고 외로우며 학교에서도 보호받지 못하던 피터는 유전자 변형 거미에게 물리면서부터 기이한 능력을 갖게 된다. 피터가 거미에게 물리기 전에도 갖고 있던 뛰어난 점은 똑똑하다는 것이다. 앞서 주요 내용을 살피면서 보았듯이, 해리의 아버지 노먼과 인사하면서 피터는 자신이 읽는 논문 이야기를 한다. 그리고 그에 대해 노먼은 깜짝 놀라는데, 이는 피터의 천재성을 암시한다. 원래 피터가 가진 이런 재능 때문이었는지 알 수는 없으나 유전자 거미에게 물린 사건으로 인해 피터는 보통 사람에게는 없는 능력을 가지게 되

---

53) 주형일은 스파이더맨이 지닌 독특함 중 하나가 청소년 슈퍼히어로라는 점을 지적한다. 그러면서 스파이더맨이 성인이 아닌 청소년인 것을 1960년대 초에 청소년이 된 베이비붐 세대가 대중문화의 주된 소비자가 되었다는 것과 관련 있다고 본다. 당시 청소년을 대변하며 그들의 이야기를 펼칠 수 있는 슈퍼히어로가 필요했던 것이다(주형일, 「왜 나는 스파이더맨을 좋아하는가」, 『언론과 사회』 15권 3호, 사단법인 언론과 사회, 2007, 22-23쪽).
이와는 다른 측면에서 우리 고전소설에서 영웅적 인물이 대개 어린 시절 버려지고, 홀로 혹은 부모가 아닌 다른 이의 손에 성장하는 것과 유사함이 있어 보인다.

었다.

피터가 스파이더맨이 되는 과정에는 유전자 변형 거미와의 접촉과 함께 스파이더맨 슈트의 제작이 있다. 피터가 스파이더맨으로 활약하기 위해서는 피터 자신을 가려줄, 거미 인간으로서 마음껏 활약할 수 있는 의상이 필요하였던 것이다. 스파이더맨 의상은 피터를 사람들로부터 그리고 악당 고블린으로부터 보호할 수 있는 것이기도 하다. 왜냐하면 일상인으로서의 피터는 스파이더맨과 분리되어야 안전하기 때문이다. 영화 속에서 스파이더맨은 시민을 돕기 위해 각종 활약을 하지만 사람들은 그 활약에 대해 비아냥거리기도 하고 불법적 악이라며 나쁘게 보기도 한다.[54]

피터가 스파이더맨으로서의 능력을 갖게 되었을 때 맨 처음 그 능력이 발휘된 대상은 평소 피터를 괴롭히던 플래시 톰슨과 그 무리들이었다. 그렇다고 하여 피터가 일종의 복수를 의도하고 계획한 것은 아니었지만 실수에서 시작된 일로 톰슨 일당을 혼내주게 된다. 그런데 다음으로 피터가 선택한 일은 돈을 버는 것이었다. 서사적 흐름으로는 왜 굳이 피터가 돈을 벌려고 했는지가 명확하지 않다. 하지만 이 사건으로 인해 피터는 돈도 벌지 못했을 뿐만 아니라 사랑하는 삼촌의 죽음을 목도해야 했다. 이 사건을 계기로 하여 피터는 스파이더

---

54) 단적으로 스파이더맨에 대한 기사를 내면서 "영웅인가 사회악인가"라고 한 점에서 이를 알 수 있다.

맨으로서, 큰 힘을 가진 사람이 그에 상응하는 책임을 지는 삶을 살겠다는 각오를 다짐하게 된다.

이렇게 〈스파이더맨〉은 피터라는 연약하고 외로운 존재가 유전자 변이 거미로 인해 초인적 능력을 획득하게 되고 삼촌의 죽음이라는 고난을 통해 진정한 영웅으로 서게 된다. 삼촌에게서 얻은 교훈을 가슴 깊이 새긴 피터는 자신이 가진 능력으로 도시를 살리는 구원자로, 시민을 돕는 구조자로 활약하게 된 것이다.

피터는 스파이더맨으로 활약하면서 그가 마음 깊이 좋아하고 있던 메리 제인과도 친해진다. 피터는 메리 제인 옆을 맴돌면서도 정작 친해지지도 못하고, 친구 해리의 여자친구가 된 것도 마냥 보고 있을 수밖에 없는 처지였다. 그렇지만 피터가 피터의 모습이 아니라 스파이더맨으로 변하였을 때에 메리 제인의 관심과 사랑을 받는다. 그러다 메리 제인은 스파이더맨에 대한 마음을 피터에게로 옮긴다.

그런데 스파이더맨을 위협하는 가장 큰 적대자 고블린과의 대립이 중요한 고난으로 부상한다. 고블린의 정체가 친구 해리의 아버지 노먼임을 모르던 피터는 친구의 아버지와 대결하는 비극을 겪는다. 큰 고난은 큰 성장을 가져오는 법, 피터는 이러한 대결과 어려움을 겪어내면서 더욱 큰 영웅으로 성장하게 된다.

■ 〈캡틴 아메리카 : 퍼스트 어벤져〉

(Captain America: The First Avenger, 2011)

〈퍼스트 어벤져〉[55]라는 제목으로 국내에 개봉된 캡틴 아메리카 첫 번째 시리즈는 작품은 2011년에 개봉된 영화이다. 원래 제목에서 '캡틴 아메리카'가 빠진 것은 한국 대중에게 선입관을 주지 않기 위해서인 것으로 보인다.[56] 〈스파이더맨〉의 경우와 마찬가지로 〈캡틴 아메리카 : 퍼스트 어벤져〉 역시 1941년 출간된 만화를 바탕으로 한다.[57] 여기서 다루는 실사 영화 〈캡틴 아메리카 : 퍼스트 어벤져〉 이전에 영화화 시도가 없었던 것은 아니다.

최초의 영화화 시도라고 할 수 있는 것은 1944년 만들어진 15부작이고, 1990년에도 〈캡틴 아메리카〉라는 영화가 제작되

---

55) 〈퍼스트 어벤져〉에 대한 전반적인 정보는 다음에서 알 수 있다.
https://search.naver.com/search.naver?where=nexearch&sm=tab_etc&mra=b
kEw&pkid=68&os=1809983&qvt=0&query=%EC%98%81%ED%99%94%20%E
D%8D%BC%EC%8A%A4%ED%8A%B8%20%EC%96%B4%EB%B2%A4%EC%A
0%B8

56) 퍼스트 어벤져
https://namu.wiki/w/%ED%8D%BC%EC%8A%A4%ED%8A%B8%20%EC%96
%B4%EB%B2%A4%EC%A0%B8

57) 캡틴 아메리카
https://terms.naver.com/entry.naver?docId=1691721&cid=42219&categoryId
=42225

었으나 저예산으로 만들어져 매우 초라했다고 평가된다. 2011
년에야 비로소 진정한 캡틴 아메리카 시리즈의 첫 작품이라고
할 수 있는 영화가 대중에게 등장한 것이다. 〈캡틴 아메리카
: 퍼스트 어벤져〉의 주요 서사를 다음과 같이 정리해 보았다.

제2차 세계대전으로 전쟁의 소용돌이에 있던 1942년에 나치
의 지휘관 요한 슈미트는 무한한 힘을 가진 오딘의 보물 테서
랙트를 드디어 손에 넣는다. 그래서 초월적 힘을 지닌 우주의
물건인 테서랙트를 연구해서 지구를 지배할 신기술을 만들어
낸다.

1941년에 미국은 일본의 진주만 공습으로 제2차 세계 대전
에 참전하게 되었고, 전쟁에 참여할 군인들을 모집한다. 브루
클린 출신의 주인공 스티브 로저스는 주소지를 바꿔 가면서까
지 군에 입대하려고 하지만 왜소한 체력과 천식 등의 질병을
가진 약한 몸으로 인해 군인으로서 실격 판정을 받는다. 매번
입대를 거절당해도 애국심이 뛰어났던 스티브는 영화관에서
나라 욕하는 사람을 꾸짖다가 시비가 붙어 죽기 직전까지 얻어
맞으면서도 절대 포기하지 않는다. 그때 스티브의 절친한 친구
버키 반즈가 그를 구해준다.

현역 군인인 버키는 스티브를 위로하기 위해 하워드 스타크
의 과학 엑스포에 데리고 간다. 엑스포에서 군인을 모집하는
것을 본 스티브는 버키에게 입대에 재도전하겠다고 한다. 이

대화를 우연히 듣게 된 전략과학부 소속 슈퍼 솔져 프로젝트의 책임자인 어스킨 박사는 나라를 위해 봉사하겠다는 굳은 의지를 가진 스티브를 눈여겨 보고 입대를 허가한다.

입대한 스티브는 페기 카터 요원이 부관으로 있는 부대에 배속된다. 허약한 스티브는 다른 부대원들보다 떨어지는 체력 때문에 좋은 평가를 받지 못하지만 절대 포기하지 않는 근성을 보여준다. 어스킨 박사는 이를 높게 평가하고 스티브에게 슈퍼 솔져 프로젝트를 제안한다.

허약한 스티브가 맘에 들지 않았던 체스터 필립스 대령은 스티브를 시험하기 위해 부대원들 사이에 가짜 수류탄을 던진다. 다른 병사들은 모두 피신하기 바빴지만 스티브는 수류탄을 온몸으로 막아 내는 용기를 보여주어 슈퍼 솔져 프로젝트에 정식으로 스카우트된다. 이로써 필립스 대령은 스티브를 인정하게 되었고 페기는 스티브에게 큰 호감을 느끼게 된다.

슈퍼 솔져 프로젝트 실행 전날 밤, 스티브가 어스킨 박사에게 왜 자신을 선택했는지 묻자 어스킨 박사는 이 프로젝트가 이미 나치에서 시행되어서 요한 슈미트가 먼저 슈퍼 솔져가 되었다는 사실과 슈미트가 이끄는 집단이자 나치의 심층 과학 부서인 히드라에 대해 알려준다. 그러면서 슈퍼 솔져 혈청은 악한 자는 더 악하게, 선한 자는 더 선하게 만들기 때문에 선한 심성을 가진 스티브를 선택했다고 말한다.

한편 히틀러는 요한 슈미트에게 연구 성과를 압박하기 위해

친위대 고위 장교들을 보낸다. 장교 중 한 명이 히드라의 공격 목표에 베를린이 포함된 것을 우연히 보고 슈미트에게 다른 꿍 꿍이가 있음을 알게 된다. 요한 슈미트는 증거 인멸을 위해 테 서렉트의 에너지로 가동되는 레이저포로 장교들을 살해한다. 요한 슈미트는 "히드라는 히틀러의 그늘 밑에서 자라날 수 없 다네." 라고 말하며 나치로부터의 독립을 선언한다. 이후 요한 슈미트, 즉 '레드 스컬'은 나치의 영향권에서 벗어나 히드라의 세계 정복 계획을 구상한다.

한편 스티브는 슈퍼 솔져 프로젝트에 참가하기로 결심한다. 스티브에게 혈청이 투입되고, 육체를 강화해 주는 방사선인 '비 타 레이'를 쬐며 엄청난 고통을 겪지만, 스티브는 모든 고통을 참아내고 마침내 슈퍼 솔져가 된다. 그런데 이때 요한 슈미트 가 보낸 암살자가 권총으로 어스킨 박사를 살해하고 슈퍼 솔져 혈청을 훔쳐 달아난다. '강화 인간'이 된 스티브의 활약으로 암 살자를 잡지만 암살자는 자신이 히드라의 수하임을 밝히고 자 살한다.

미군이 히드라를 막기 위해 군대를 보내기로 하자 스티브도 따라가려 하지만 묵살당한다. 미군의 목적은 슈퍼 솔져로 구성 된 군대를 만드는 것이었기에 프로젝트 실패를 선언하고 묻어 버리고자 한다. 그런 스티브에게 브랜트 상원의원이 나라에 도 움이 되지 않겠냐는 제안을 하고 스티브는 승낙한다. 스티브에 게 맡겨진 일은 전시 채권 광고를 위해 뮤지컬 공연이나 강연회, 영화에 '캡틴 아메리카'라는 이름으로 출연하는 것이었다. 스티브의 역할은 미국이 이미 슈퍼 솔져 계획에 성공했음을 국제사회에 보여주고 국민들의 사기를 북돋워 주는 것이었다. 캡틴 아메리카가 나간 행사에서는 전시 채권 판매량이 10%나 상승할 정도로 스티브는 엄청난 인기인이 되었지만, 정작 공연에서는 병사들에게 무시를 당하고 스티브 자신 또한 어릿광대 취급을 받는 것에 좌절한다.

스티브는 페기에게서 친구 버키가 소속된 부대가 히드라의 포로로 잡혔다는 소식을 듣는다. 스티브는 친구인 버키를 구하기 위해 방패 하나, 권총 한 자루만 들고 하워드 스타크와 페기의 도움을 받아 히드라의 기지에 잠입한다. 스티브는 기지 경비병들을 제압하고 수용소에 있던 포로들을 모두 구출한다. 실험실로 끌려간 버키를 구출하는 과정에서 히드라의 수장인 요한 슈미트와 처음으로 대면하게 된다. 요한 슈미트는 얼굴을 가렸던 인조가죽을 뜯어내고 혈청 부작용으로 빨갛게 변한 모습을 보여주며 자신의 별명이 레드 스컬인 이유를 밝힌다. 그리고 스티브가 아닌 자신이 어스킨 박사의 최고 작품이라고 말하면서 기지를 자폭하고 사라진다. 히드라 기지에서 무사히 빠져나온 스티브는 친구 버키와 포로들을 모두 구해 돌아와 영웅이 된다. 스티브는 하워드 스타크에게서 비브라늄으로 만든 방패와 특수 전투복을 얻고 슈퍼 히어로 캡틴 아메리카로 거듭난다.

스티브는 자신이 구출해 온 병사들 중 버키를 포함해 실력이 우수한 정예 대원들을 모아 '하울링 코만도스'라는 부대를 조직해 히드라의 비밀 기지를 하나하나 습격하고, 히드라는 막강한 캡틴 아메리카의 부대에게 번번이 속수무책으로 패배한다. 그러나 히드라 소속의 과학자이자 슈미트의 심복인 졸라 박사를 생포하는 임무를 수행하다가 버키가 절벽 밑으로 떨어져 실종되고, 친구를 잃은 스티브는 매우 슬퍼한다. 페기는 버키가 선택한 일이니 그를 존중해야 한다고 이야기하며 스티브를 위로하고 그 과정에서 둘은 가까워진다.

하울링 코만도스에 붙잡힌 졸라 박사는 미국 정부에 히드라의 세계 정복 계획을 전부 폭로한다. 미군은 히드라의 기지를 습격하여 히드라 기지를 차지한다. 요한 슈미트는 거대 폭격기 '발키리'를 조종해 도망치고, 스티브는 페기와 처음이자 마지막이 될 키스를 한 뒤 폭격기에 올라타 요한 슈미트의 부하들과 싸운다.

요한 슈미트와 스티브는 최후의 전투를 벌이고, 이 과정에서 스티브가 던진 방패에 맞아 폭격기의 동력원인 테서랙트가 드러난다. 슈미트가 테서랙트를 회수하기 위해 손으로 붙잡지만 테서랙트에서 엄청난 에너지가 방출되어 슈미트는 그 에너지에 흡수되어 버리고, 테서랙트는 바다에 떨어진다.

스티브는 뉴욕으로 설정된 폭격기의 진로를 수정하려고 했지만 그것이 어렵다고 판단하고 결국 폭격기를 추락시키기로 결정한다. 무전을 통해 연락을 나누던 페기가 반대함에도 불구하고 캡틴은 버키를 잃었을 때 그녀가 말했던 것처럼 자신이 선택한 일이니 존중해 달라고 하며 그린란드를 향해 폭격기를 추락시킨다. 스티브는 추락 직전에 페기와 마지막 교신을 하며 데이트를 약속하지만, 폭격기의 추락으로 교신이 끊어지고 페기는 슬퍼한다. 제2차 세계대전이 끝나고, 폭격기의 잔해를 찾던 하워드 스타크는 테서랙트를 발견하고, 미국은 영웅이 된 캡틴 아메리카를 추모한다.

70년이 지나 냉동 상태의 스티브가 발견된다. 스티브는 뉴욕의 병원으로 옮겨져 치료를 받고 깨어난다. 어벤져스의 수장 닉 퓨리가 스티브에게 70년의 세월이 지났다는 사실을 전해준다.

위에서 보듯이 캡틴 아메리카로 활약하게 되는 스티브는 원래 그럴 만한 자질은 가졌던 것으로 보이지 않는 인물이다. 영화 초반부에서 스티브는 국가에 대한 충성과 악에 대한 저항심을 가진 용감한 청년임에도 불구하고 왜소하고 크지 않은 체격으로 인해 군입대도 거절당한다. 그렇게 원하는 군대에도 자격 미달로 거부될 정도이니 군인으로서 가져야 할 기본 조건이 충족되지 않은 상태라 할 수 있다. 단적으로 말하자면 스티브는 평범한 청년에 불과한 아니 어쩌면 평범한 사람들보다 못한 육체를 가진 인물이다. 스티브가 가진 것이라고는 포기하지 않는 마음, 그리고 진정한 선한 마음, 나라와 민족을 위하는 마음 등과 같은 고결한 이런 정신밖에 없다.

그렇지만 그럼에도 불구하고 스티브는 포기하지 않고 절망하지 않는 투지와 자신의 모든 것을 희생할 각오가 되어 있는 선한 의지를 인정받아 캡틴 아메리카로 변신할 수 있게 되었다.58) 이렇게 별로 가진 능력이 없는 사람이 영웅으로 거듭나기 위해서는 새로운 능력의 획득이나 잠재해 있던 능력의 발현 기회가 필요하다.

스티브에게는 슈퍼 솔져 프로젝트가 능력 획득의 기회였다 할 수 있다. 원래 스티브의 모습으로는 상상할 수 없는 근육과 힘이 이 프로젝트를 통해 스티브에게 생긴 것이다. 이는 스티브가 영웅으로 활약하기 위해 필수적으로 필요한 과정이다. 스티브가 원래 갖고 있던 능력이나 힘으로 캡틴 아메리카가 될 수는 없기 때문이다. 스티브가 캡틴이 될 수 있는 요건, 캡틴을 캡틴답게 만들어 주는 도구는 슈퍼 솔져 혈청과 방패로, 스티브가 원래 가지고 있던 능력이 아닌, 외부에서 부여된

---

58) 박찬익은 캠벨과 보글러의 영웅 신화 서사구조를 정리하고, 보글러의 3막 12단계 스토리 구조에 따라 〈캡틴 아메리카 : 퍼스트 어벤져〉를 분석하였다. 보글러의 3막에서 1막은 관문을 통과하여 영웅이 되는 이야기, 2막은 시련을 겪지만 극복하여 보상을 받는 이야기, 3막은 부활한 적과 최후 전투 후 승리하고 복귀하는 이야기로 정리할 수 있다(박찬익, 「영화 '캡틴아메리카' 시리즈에 나타난 영웅 캐릭터의 서사구조에 관한 연구」, 『디지털산업정보학회논문지』 15권 3호, (사)디지털산업정보학회, 2019.).

능력이다.

이 영화에서 슈퍼 솔져 프로젝트나 어스킨 박사의 존재는 영웅 일대기에서라면 구원자 혹은 조력자이 해당하는 역할을 담당한다고 할 수 있다. 구원자나 조력자는 영웅적 인물이 영웅으로 거듭나는 과정에서 필요한 존재이다. 만약 역으로 이러한 존재나 기회가 없었다면 스티브와 같은 인물은 영웅이 될 수 없었을 것이다.59)

캡틴 아메리카가 된 스티브가 투쟁하는 대상은 나치군의 과학 부서인 히드라의 대장 슈미트이다. 스티브가 슈퍼 솔져가 되었음에도 불구하고 슈미트에 홀로 대항하기는 힘들어 보인다. 스티브와 슈미트의 대결 장면에서 스티브의 능력이 확연히 뛰어나다고 하기는 어렵기 때문이다. 스티브가 슈미트의 만행을 저지하여 막을 수 있었던 것은 스티브가 슈퍼 솔져가 될 수 있었던 이유와 동일하게 투지, 즉 포기하지 않는 집념이다. 스티브는 자신의 입장이나 욕망보다 미국을 지킨다는 이데올로기를 더 우위에 놓고 행동을 결정한다.60) 그래

---

59) 물론 영웅소설에서 구원자나 조력자가 일반적으로는 나타나지만 모두 다 그렇다고는 할 수 없다.

60) 이은지는 캡틴 아메리카 시리즈의 변화를 정리하면서, 이 시리즈에서 영웅은 자유 수호의 이념을 유지하는데, 시리즈가 지속되면서 슈퍼 히어로 장르의 특징에서 벗어나는 경향을 보인다고 분석하였다. 스티브의 행동 양식과 대결의 성격에서 영화 〈캡틴 아메리카 : 퍼스트 어벤져〉는 건재하는 미국의 패권주의와 미국식 영웅주의를 볼 수 있다(이은지, 「캡틴 아메리카'시리즈를 통해 드러난 미국의 가치관 변화」, 서강대학교 언

서 스티브는 진정한 캡틴 '아메리카'가 될 수 있었을 것이다.

〈캡틴 아메리카 : 퍼스트 어벤져〉의 주요 갈등 즉 스티브와 슈미트의 대결로 형상화되는 미국과 나치의 전쟁에서 부대적으로 전개되는 서사는 스티브와 페기의 연정이다. 두 인물의 애정이 과연 동료애인지 남녀 간의 사랑인지, 스티브가 슈퍼솔져로서 지닌 힘에 매혹된 페기의 동경인지 확언하기는 어려워 보인다. 이 영화의 전개 과정에서 두 인물 간의 애정 서사가 본격적으로 전개된다고 보기도 어렵고, 두 인물의 애정은 미국 지키기라는 이데올로기의 하위에 있는 것으로 보이기 때문이다. 이는 결말부에서 스티브가 페기와 마지막 교신을 하면서 더 이상 페기를 볼 수 없는 것을 안타까워하면서도 단호하게 폭격기의 추락을 선택하는 데에서도 알 수 있다.

〈캡틴 아메리카 : 퍼스트 어벤져〉는 1940년대의 2차 세계대전을 배경으로 하기 때문인지 현대 문명 수준이나 영화 기술 측면에서 전쟁의 방식이나 영웅의 활약이 그리 화려하게 그려지지 않는다. 이는 다른 한편으로 캡틴 아메리카가 가진 능력이나 활약 방식과도 관련된다. 최근 문화콘텐츠의 슈퍼히어로에서 볼 수 있는 능력 발휘와 매우 대비되는 측면이기도 하다. 예를 들면 스티브가 요한 슈미트와 대결하고 맞서는 장면들에서 스티브가 아슬아슬하게 버티고 살아남는 모습과

론대학원 석사학위 논문, 2020.).

같은 것이다.

스티브가 맞는 결말이 흥미로운 것은 죽은 줄 알았던 캡틴 아메리카가 냉동되어 있다가 70년 후에 다시 살아나기 때문이다. 이는 캡틴 아메리카가 시리즈물이기에 가지는 특징이기도 하다. 스티브와 페기의 사랑은 비극적으로 끝이 나고, 스티브가 냉동될 수밖에 없었던 전투의 결과 역시 비극적으로 보이지만, 최종적으로 스티브는 다시 살아나고, 미국은 건재하다는 것을 보여준다.

3) 상호문화성 찾기

■ 보편적 영웅 이야기의 특성 찾기

이제까지 우리 고전 서사 〈온달〉, 〈홍길동전〉, 〈전우치전〉과 우리 영화 〈염력〉, 드라마 〈사이코메트리 그녀석〉, 그리고 외국 영화 〈브루스 올마이티〉, 〈스파이더맨〉(2002), 〈캡틴 아메리카 : 퍼스트 어벤져〉(2011) 등을 영웅 이야기의 측면에서 살펴보았다. 세계적으로 영웅 이야기를 찾아보면 실로 다양한 영웅의 모습이 존재한다. 여기에서 살펴본 작품들에서는 공통적으로 미천한 처지에 있었으나 뛰어난 혹은 초월적 능력을 획득하여 영웅적 활약을 보인 인물이 등장한다.

이러한 영웅적 인물의 공통적 특징은 무엇보다 영웅으로 활약할 수 있기 전의 처지가 좋지 않다는 것이다. 이루 말할 수 없이 가난하거나 신분이나 지위가 낮은 등 삶의 환경 문제가 있고 부모가 없거나 부모 사랑을 제대로 받지 못하고, 자신의 생에서 중대한 결핍이 있기도 하다.

온달은 나무껍질을 먹어야 할 만큼 가난하였고 홀어머니를 모셔야 했으며, 홍길동은 판서의 아들이었으나 그 어머니가 노비였기에 차별을 받아야 했고, 전우치의 아버지는 노비였다가 양인이 되었거나 산중 처사로 한미한 양반이었다.

〈염력〉의 주인공 석헌은 은행 경비원으로 일회용 커피도 은행에서 몰래 가져다 먹는 구차함을 보였고, 사이코메트리 능력을 가진 이안은 어렸을 때 화재로 부모를 잃어 보육원에서 자라야 했다. 브루스는 이런 정도의 가난이나 불우함은 없지만 스스로 만족하지 못하는 삶을 살고 있었고, 스파이더맨 피터는 부모가 없어 삼촌 집에서 사는 처지였다. 캡틴이 된 스티브는 자신이 가진 육체적 열등함으로 인해 투철한 의지와 소명을 가졌음에도 불구하고 군입대도 거부당할 정도의 미미한 인물이었다.

이는 우리 고전소설에서 유형화된 전형적인 영웅소설에서 볼 수 있는 영웅 일대기와는 다른 점이다. 대개의 영웅소설에서 보이는 영웅 일대기와의 차이는 출생과 결말에서 볼 수 있다. 주몽 신화에서부터 보이는 영웅 일대기의 특성은 영웅적 인물이 고귀한 혈통을 지니고 태어난다는 것이다. 그래서 이런 영웅들은 왕이 되기도 하고, 나라를 위험에서 구하기도 한다. 그렇지만 여기에서 살펴본 인물들은 혈통이 제시되어 있지 않거나, 혈통으로 인한 신분이나 처지의 문제가 있다.

또한 일반적인 영웅 이야기에서 결말은 행복하게 마무리된다. 모든 것이 완성되고, 주인공도 주변 인물도 행복하게 살아간다고 하며 이야기가 끝나는 것이다. 그런데 여기서 살펴본 이야기들은 결말에 가서 주인공이 사라지거나 죽고 혹은 주인공이 어떻게 되었는지 알 수 없게 되기도 한다.

온달은 비극적 죽음을 맞이하고, 홍길동은 조선을 떠나 율도국에 가서 왕이 되었고, 전우치는 서화담을 따라 산으로 들어갔으며, 석헌은 감옥살이를 하고 나서야 딸과 다시 만날 수 있었고, 이안은 모든 문제를 해결하였으나 친형같이 부모같이 여겼던 성모가 자신의 부모를 죽게 한 범인이었다는 무섭고 괴로운 사실을 알게 되었다.

브루스는 전지전능한 능력을 마음대로 부리며 살 수 있었으나 그 모든 것이 아무 의미 없다는 것을 깨닫고 평범한 일상으로 돌아갔으며, 피터는 스파이더맨으로서 살기 위해 자신의 사랑 메리 제인의 프로포즈를 받아들이지 못하였다. 캡틴 스티브는 최종 전투에서 죽은 것으로 나온다. 캡틴 아메리카로 추모가 이루어지는 상황이었다는 점에서 1편의 서사는 캡틴 아메리카의 죽음으로 종결되었다 할 수 있다. 영화 마지막에서 냉동되어 있던 스티브가 깨어나는 것은 영웅이 부활한 것이지만 1편 내에서는 더 이상 서사가 전개되지는 않으므로, 이는 이어지는 서사에 대해 예고하고 기대를 끌어내는 장치라 할 수 있다.

■ 영웅 이야기 향유에 담긴 기대

왜 이런 종류의 영웅 이야기들이 만들어지게 되었을까? 그리고 왜 사람들이 좋아하였을까? 어떤 사람들이 이런 영웅 이야기를 좋아하였을까? 이러한 질문에 대한 답으로 미천하였던 사람이 초월적 능력을 획득하여 영웅적 활약을 보이는 작품들의 공통적 특성을 생각해 볼 수 있다. 즉 영웅의 출신, 능력 획득 과정, 영웅의 활약 방식, 영웅이 맞이하는 결말 등에서 영웅 이야기 향유에 담긴 수용자들의 기대를 추측할 수 있다.

영웅 이야기들은 대개 다수의 수용자에게 대중적으로 향유된 특성을 갖고 있다. 기록되지 않은 이야기임에도 사람들의 입을 통해 전승되었으며, 여러 버전의 작품으로 만들어져 발간되기도 하고, 매체 양식에 따라 다양하게 구현된 영웅 이야기들은 그 자체로 대중들이 문학을 즐긴 역사라 할 수 있다. 대부분의 독자, 수용자들이 이런 이야기를 흥미롭게 받아들일 수 있었던 것은 일차적으로 감정 이입과 공감이 가능하였기 때문으로 보인다. 그 감정 이입과 공감의 대상은 주로 주인공이었을 것이다. 이러한 영웅 이야기를 즐거워하는 수용자층은 주인공의 능력 획득과 처지 변화, 그리고 영웅적 활약을 지지하고, 거기에 공감하기 때문이라 할 수 있는 것이다.[61]

그래서 예로부터 미천한 자가 영웅적 활약을 한다는 이야기는 보통의 사람들에게 그러한 영웅이 되고 싶은 소망과 그러한 영웅이 있으면 좋겠다는 바람을 실현해 주는 즐거움을 제공하였다고 본다. 그리고 누구나 그렇게 될 수 있다는 가능성을 생각하게 하였을 것이다. 비범한 능력이 없고 어떤 활약을 할 수도 없는 사람들에게는 여러 가지 삶의 문제를 해결할 수 있는 영웅이 기다려지고 누군가 그런 영웅이 나타나길 기대할 것이기 때문이다. 그래서 우리나라에서도 아주 오랜 옛날부터 이러한 유형의 영웅 이야기가 인기를 누리며 향유되어 온 것으로 보인다. 흥미롭게도 이런 영웅 이야기를 외국에서도 찾아볼 수 있으며 현대의 문화콘텐츠에서도 자주 만날 수 있다.

이러한 영웅들의 한 가지 특징은 이들 영웅은 군대를 이끌거나 어떤 집단을 만들어서 활약하기보다는 개인적으로 우월한 능력 혹은 초월적 능력을 발휘하며 문제에 대처하고 해결해 나간다는 것이다.[62] 뛰어난 초월적 능력을 가진 개인의 활약인데 그 영웅은 국가라는 거대한 집단에 맞서기도 하고 관

---

61) 이는 주형일이 "실제로 슈퍼히어로가 상업적으로 성공한 이유를 인간이라면 누구나 갖고 있을 법한 판타지를 구현한다는 점에서 찾는 사람들이 많이 있다."라고 한 지점과 유사한 맥락이다(주형일, 위의 글).

62) 홍길동의 경우에는 활빈당을 통한 집단적 행위가 나타나기도 한다. 그렇지만 활빈당 활동은 홍길동 활약의 일부이고, 홍길동은 자신이 지닌 도술적 능력으로 전국을 누비며 왕과 국가에 대립한다는 점에서 개인적 성격이 강하다 할 수 있다.

료 집단과 같은 지배층에 대립하기도 하며, 심지어 신에 저항하기도[63] 한다. 여기서 살펴본 스파이더맨이나 캡틴 아메리카와 같은 슈퍼히어로도 도시나 국가를 구해내는 활약을 하고 신무기로 개발된 괴물들에 맞서면서도 홀로 투쟁하는 모습을 보인다.

그러면서 이들 영웅은 보통 사람들의 삶의 문제를 해결하는 데 관심이 많고, 사회적 약자를 도와주고자 하며, 권력도 없고 가난한 사람들을 돌보기 위해 노력하는 경향이 있다. 물론 이러한 경향을 이들 영웅 모두가 공통된 수준으로 갖고 있다고 하기는 어렵다. 어떤 영웅은 처음부터 그렇고 어떤 영웅은 변화를 거쳐 그러한 모습을 갖추게 되기도 한다. 이들 인물의 성격에 따라 차이는 있지만 가지지 못한 사람들, 사회에서 소외된 사람들, 생에서 결핍된 것을 필요로 하는 사람들을 위한 이야기를 만들어 가고 있는 것이다.

이런 영웅 이야기의 이러한 성격, 즉 지배층이나 가진 사람들보다는 피지배층, 가지지 못한 사람들의 편에 서는 이야기가 갖는 민중적 성격은 때로는 반사회적, 반체제적으로 보이기도 한다. 하지만 민중적, 보통 사람들을 위한 이야기라고 하여 반드시 반사회적, 반체제적이라고 할 수는 없다. 예를

---

63) 〈브루스 올마이티〉의 브루스가 여기에 해당한다고 할 수 있다. 브루스가 추구한 것은 지극히 개인적인 이익이라 할 수 있지만 그 이면에는 신에 대한 항의, 신과의 대립이 깔려 있다고 할 수 있기 때문이다.

들어 스파이더맨은 도움이 필요한 약자, 소시민들을 돕는 영웅이지만 그 자체로 기존 질서에 대립된다고 일반화하기는 어렵다. 온달 역시 가난하고 바보였다가 국가의 충신이 되었기 때문에 오히려 체제 수호적 영웅이라 할 수 있다. 영웅의 성격은 영웅 이야기의 개별적 속성에 따라 다르게 설명할 수 있을 것이다.

■ 영웅 이야기의 상호문화적 이해

우리 고전 서사를 통한 상호문화적 이해에 도달하기 위해서는 서로 다른 이야기와의 비교 과정이 필수적이다. 이는 다른 이야기들간의 공통점을 파악하여 문화보편성을 확인하고, 차이점의 분석을 통해 그 차이가 서로 다를 수 있음을 이해함으로써 상대 문화를 포용하는 과정이라 할 수 있다. 마찬가지로 여기서 살펴본 우리 고전 서사에서의 영웅 이야기들과 국내외 문화콘텐츠의 영웅 이야기를 관련지음으로써 한국의 문화와 사회를 이해하고 세계 문화적 인식을 갖추는 계기로 삼을 수 있는 것이다.[64] 이는 현대 한국인이 우리의 고전 서사시대의 문화를 이해하는 방편이 될 수도 있고, 다른 문화권에서 온 사회의 구성원이 한국의 과거와 현재를 이해하는 방법이 될 수도 있다.

어떤 이야기들을 관련지어 비교하는지에 따라 공통점과 차이점도 달라질 것이고, 상호문화적 이해가 이루어지는 지점도 다를 것이다. 예컨대 〈전우치전〉과 〈브루스 올마이티〉를 비교해 보면, 인물의 성격이나 행동 방식에서 공통점이 두드러진다. 전우치나 브루스는 개인적 욕망을 추구하는 방식으

---

64) 송성욱은 조선시대의 영웅소설과 슈퍼히어로를 비교하며 공간 설정과 타자성, 가족성의 측면에서 분석하였다(송성욱, 「조선시대 영웅소설과 슈퍼히어로」, 『고소설 연구』 49, 한국고소설학회, 2020.).

로 능력을 발휘한다. 국가나 종교와 같은 이념을 고수하기 위해 능력을 발휘한다기보다는 자신이 가진 성취 욕구, 다른 이들에 대해 막연히 도와주고자 하는 마음 등 즉각적이고 돌발적인 행동으로 활약하는 공통점을 보인다.

그러면서도 〈전우치전〉과 〈브루스 올마이티〉는 배경이 되는 사상, 종교 측면에서 차이점을 갖고 있다. 전우치가 부리는 도술은 도교적 성격을 갖고 있는데 구미호에게서 얻은 능력이라는 점에서 샤머니즘적이라 할 수 있다. 이에 비해 브루스가 갖게 된 능력은 하늘에 있는 신, 기독교의 신에게서 부여된 것이기에 〈전우치전〉과는 그 능력의 배경과 성격에 차이가 있다. 동서양의 문학 작품이나 문화콘텐츠를 비교할 때 근본적으로 종교 차이에서 비롯되는 다른 점이 있는 경우들이 많이 있다. 이는 다른 문화에 대한 이해에 종교나 사상에 대한 이해가 필수적임을 시사한다.[65)]

그런가 하면 〈전우치전〉, 〈염력〉, 〈스파이더맨〉을 비교한다면, 주인공이 우연한 기회에 초월적 능력을 획득하게 되었다는 점, 영웅적 활약의 동기가 개인적 판단에 있다는 점, 그리고 자신의 능력 발휘 목적이 특별한 보상을 바라는 것이 아닌 자발적이라는 점 등에서 유사함을 발견할 수 있다.

그런데 〈염력〉과 〈전우치전〉이나 〈스파이더맨〉과 비교할

---

65) 서명수, 「동서 비교문학을 위한 방법론 모색」, 『동서 비교문학저널』 28, 한국동서비교문학학회, 2013.

때 지키고자 하는 가족의 관계를 기준으로 보면 〈염력〉은 딸이고, 〈전우치전〉은 어머니이며, 〈스파이더맨〉은 삼촌과 숙모라는 점에서 차이가 있다. 그리고 주인공의 연령을 살펴보면 〈염력〉은 〈전우치전〉이나 〈스파이더맨〉에 비해 연령이 매우 높다는 특징도 있다. 이렇게 〈전우치전〉, 〈염력〉, 〈스파이더맨〉은 주인공의 연령, 가족 관계 문제, 결말 등에서 차별성을 찾을 수 있다. 이들 서사가 지니는 공통점은 문화보편성으로 이해할 수 있으며, 차이점은 개별 서사 속에 존재하는 문화적 특이점이나 사회 문제 의식 등으로 이해하며 그 의미와 의의를 수용할 수 있을 것이다.

또한 〈온달〉 이야기와 〈캡틴 아메리카 : 퍼스트 어벤져〉를 비교해 본다면 국가에의 충성이라는 주인공이 추구하는 가치 측면에서 공통점을 찾을 수 있다. 온달은 여기서 살펴본 다른 영웅들에 비해서 초월적 능력이 없다는 특성이 있지만 공주와의 혼인이라는 초현실에 가까운 사건으로 신분이 상승하고 영웅이 된다. 온달은 왕의 사위가 되어 국가를 위해 분골쇄신하는 충성심을 보인다. 캡틴 스티브는 보잘것없는 신체 조건으로 인해 자발적인 군입대도 허락받지 못하는 처지였다. 그렇지만 자신이 가진 포기하지 않는 투지와 온몸을 다 바치는 충성심으로 영웅이 되고 국가를 구한다.

온달과 스티브의 차이점을 찾는다면, 영웅이 되는 방식을 들 수 있다. 온달은 공주와 혼인함으로써 공주라는 훌륭한 조력자를 얻어 출세를 하고 영웅이 된다. 이에 비해 스티브는 슈퍼 솔져 혈청이라는 과학의 발달이 만들어 낸 방법으로 영웅이 된다. 스티브를 군대에 들어올 수 있게 해 준 어스킨 박사나 친구 버키를 스티브의 조력자로 볼 수 있으나 영웅이 되는 직접적 방법은 아니기에 온달을 도운 공주와는 차이점이 있다. 이렇게 온달이 공주와 결혼한 것이 어떻게 영웅이 되는 길이었는지, 공주가 가르친 말 기르는 법 등이 어떻게 영웅의 소양이 될 수 있는지 등의 의미를 현대 문화에 가져오면서 스티브에게 있어서 혈청의 의미와 견주어 본다면 서로 다른 서사의 차이를 바탕으로 상호문화적 이해에 이를 수 있을 것이다.

한편 〈홍길동전〉과 〈스파이더맨〉, 〈캡틴 아메리카 : 퍼스트 어벤져〉는 주인공이 영웅적 능력을 발휘하는 대상의 측면에서 비교해 볼 수 있다. 이들은 초월적이라고 할 수 있을 만큼 뛰어난 능력을 가지고 민생을 위한 활동을 펼친다. 그리고 그러한 활약에 대해 환호를 받기도 한다. 그렇지만 동시에 홍길동, 스파이더맨, 캡틴 아메리카에 대해 두려워하거나 비난하는 목소리 역시 나온다. 자신의 이득이나 대가를 바라지 않고 베푼 행동인데 그 결과는 사회적으로 없어져야 할 존재라는 평가를 받으며 오히려 쫓기는 신세가 되기도 한다. 그런가 하면 캡틴 아메리카처럼 마땅치 않은 시선을 받다가 웃음거리가 되기도 한다.

한편 이들 영웅, 홍길동, 스파이더맨, 캡틴 아메리카 이야기는 이러한 유사한 점을 지니기도 하지만 사회적 배경, 적대자의 유형, 활약하는 방식 등에서는 차이점도 지닌다. 홍길동은 신분에 따라 사회적 활동에 제약이 부여되는 조선시대를 배경으로 하며, 스파이더맨은 시기가 분명하지는 않지만 1960년대 이후라 볼 수 있고, 캡틴 아메리카는 2차 세계 대전을 배경으로 한다. 이러한 시대 배경의 차이에서 비롯되는 홍길동, 스파이더맨, 캡틴 아메리카의 다른 점은 그 투쟁의 대상이 각각 국가나 사회 체제, 신기술이 만들어 낸 괴물, 전쟁을 일으키고 무고한 생명을 파괴하는 나치라는 집단이라는 것이다. 이러한 사회문화적 배경의 차이를 중심으로 시대별로 사회문화적 문제가 달라질 수 있음을 이해하고, 우리의 고전 서사와 현대 사회 문화를 관련지어 수용할 수 있다.

이러한 방식으로 고전 서사 작품과 문화콘텐츠를 관련지으며, 이들 영웅 이야기가 가진 공통점을 중심으로 상호문화성을 찾고, 차이점을 빚는 개별성을 바탕으로 보편적 이해 가능성을 모색한다면 상호문화적 이해에 도달할 수 있을 것이다. 아울러 이러한 접근을 통해 고전 서사의 확장적 이해도 가능할 것으로 보인다.

고전 서사와 상호문화콘텐츠

3

마무리와 기대

이 연구에서 고전 서사와 다양한 문화콘텐츠를 관련지어 봄으로써 상호문화적 이해를 모색하고자 한 근본적인 이유는 우리 고전 서사를 확산시키고자 하는 데 있다. 우리의 고전 서사는 한국 문화의 보고라는 가치를 지니고 있지만 향유와 이해의 어려움, 시간적·문화적 거리로 인한 막연한 거리낌을 준다는 등의 문제를 갖고 있다. 그래서 이러한 문제가 있는 고전 서사를 현대의 다양한 문화콘텐츠와 관련지어 본다면 과거와 현재, 한국과 다른 사회라는 문화적 충돌을 해결하고 상호문화적으로 소통할 수 있으리라고 기대하며 이러한 작업을 하게 되었다.

이번 연구에서는 다양한 고전 서사 작품들 중에서도 미천한 출신의 영웅 이야기를 선정해 보았다. 영웅 이야기는 세계적으로 오랜 전통 속에 다양한 모습으로 향유되어 왔다. 그래서 영웅 이야기는 영웅의 서사라는, 소위 영웅 일대기 혹은 영웅 서사 구조라는 틀로 도식화될 수 있는 보편성을 지니기도 한다. 그렇지만 다른 한편으로 개개의 영웅은 나름의 이유와 목적을 갖고 서사 속에서 영웅적 활약을 보이기에 각각의 영웅 이야기는 개별성을 지닌다.

이 글에서 다룬 미천한 출신의 영웅 이야기는 영웅의 출생 혹은 영웅이 되기 전의 처지가 유사함을 갖는 유형이다. 인생의 출발이 이렇게 낮은 위치에서 이루어지는 인물이기에 이들의 활약은 훨씬 큰 변화처럼 느껴지고 크게 성장, 발전한 것처럼 보이기도 한다. 무엇보다 이들의 원래 처지가 그러했기에 민중들이 더욱 가깝게 느끼며 더 쉽게 공감할 수 있었을 것으로 보인다. 대개의 사회 집단은 소수의 지배층과 다수의 피지배층으로 이루어지며, 해결해야 할 삶의 고난과 역경이 많은 이들은 피지배층이기에 이러한 영웅들에 대한 기대가 더욱 컸을 것이다. 이러한 영웅에 대한 기대와 소망에서 영웅 이야기 향유의 원천을 찾을 수 있다.

이 책을 마무리하며 앞으로 더욱 다양한 주제를 바탕으로 이러한 고전 서사와 문화콘텐츠를 관련시키고 상호문화적 이해를 모색하는 작업이 이루어지길 기대한다. 이러한 시도는 무엇보다 고전 서사의 향유를 지속하면서도 달라지는 문화와 서로 다른 문화 속에서 고전 서사의 의미를 찾는 의의를 지닌다. 이를 통해 고전 서사를 상호문화적으로 이해하고, 한국의 문화를 수용할 수 있는 문화교육의 내용과 방법을 마련할 수 있을 것이며, 고전 서사 향유를 현대에까지 지속시키며 확산할 수 있을 것이다.

고전 서사와 상호문화콘텐츠

참고문헌

단행본

고려대학교 민족문화연구소, 『홍길동전; 전우치전; 서화담전』, 1996.

박영순, 『(한국어 교육을 위한)한국문화론』, 한국문화사, 2006.

박영순, 『다문화 사회의 언어문화교육론』, 한국문화사, 2007.

서유경, 『고전소설과 문화콘텐츠』, 박이정, 2021.

이승재, 『신화와 문화』, 한국문화사, 2010.

학위논문

김병수, 「드라마 〈사이코메트리 그녀석〉 : 장르혼합 TV드라마 연출
중심으로」, 동국대학교 대학원 석사학위 논문, 2020.

김수진, 「문화간 의사소통능력 신장을 위한 한국문화교육 방법 연구」,
한국외국어대학교 대학원 박사학위 논문, 2010.

김예리나, 「학습자 경험을 활용한 한국어 상호문화교육 연구」, 서울
대학교 대학원 석사학위 논문, 2018.

김효정, 「고전소설의 대화적 이해 교육 연구-〈심청전〉 이본을 중심
으로-」, 서울대학교 대학원 박사학위논문, 2021.

박경숙, 「독일의 상호문화교육과 우리나라 다문화교육에 관한 비교
연구 : 초등학교를 중심으로」, 경기대학교 교육대학원 석사

학위 논문, 2013

박종대, 「한국 다문화교육정책 사례 및 발전 방안 연구 : 상호문화주
　　　의를 대안으로」, 한국외국어대학교 대학원 박사학위 논문,
　　　2017.

박종민, 「속담을 활용한 상호문화 교육 연구」, 한국외국어대학교 교
　　　육대학원 석사학위 논문, 2015.

안희은, 「상호문화주의에 기반한 한국어교육 정책 연구」, 부산대학
　　　교 대학원 박사학위논문, 2015.

연선자, 「판소리를 활용한 한국 문화교육 방안 연구」, 한국외국어대
　　　학교 교육대학원 석사학위 논문, 2008.

이서라, 「문화콘텐츠의 생산과 수용에 관한 대화성 연구-드라마 〈응
　　　답하라〉 시리즈를 중심으로」, 건국대학교 대학원 박사학위
　　　논문, 2017.

이은지, 「캡틴 아메리카시리즈를 통해 드러난 미국의 가치관 변화」,
　　　서강대학교 언론대학원 석사학위 논문, 2020.

장현정, 「상호문화적 감수성(Intercultural Sensitivity) 함양을 위한 소
　　　설교육 방안」, 인천대학교 교육대학원 석사학위 논문, 2019.

최지선, 「온달설화의 전승과 수용」, 성신여자대학교 대학원 석사학
　　　위 논문, 2005.

소논문

김영숙, 「바흐친과 다문화사회 담론」, 『노어노문학』 24, 한국노어노
    문학회, 2012.

김원, 「우리의 꿈은 소박하다 : 용산참사를 다룬 두 영화 〈염력〉과
    〈공동정범〉」, 『가톨릭 평론』 15, 우리신학연구소, 2018.

김유진, 「반영웅소설의 서사적 특성 연구」, 『고소설 연구』 49, 한국
    고소설학회, 2020.

김은정, 「상호문화 접근법에 기반한 문화교육: 프랑스와 한국의 문
    화 비교 관점에서」, 『프랑스어문교육』 37, 한국프랑스어문
    교육학회, 2011.

김정숙, 「프랑스의 '상호문화주의'에 대한 소고」, 『한국언어문화학』
    9권 2호, 국제한국언어문화학회, 2012.

김정은, 「아시아 열두 띠 설화의 동물 표상을 활용한 상호문화 감수
    성 신장의 문화교육 -이주민 구술설화 자료를 중심으로」,
    『구비문학연구』 60, 한국구비문학회, 2021.

김정현, 「다문화주의와 상호문화주의의 차이에 대한 한 해석」, 『코
    기토』 82, 부산대학교 인문학연구소, 2017.

김정흔, 박치완, 「이미지 리터러시를 활용한 상호문화교육: 다문화
    사회의 고정관념 극복을 위한 이미지 활용법」, 『글로벌문
    화콘텐츠학회 학술대회 2016』 2호, 글로벌문화콘텐츠학회,
    2016.

김창근, 「상호문화주의의 원리와 과제: 다문화주의의 대체인가 보완

인가?」, 『윤리연구』 1권 103호, 한국윤리학회, 2015.

김한식, 「노인 다문화 인식 개선을 위한 상호문화교육콘텐츠 방안 연구」, 『교육문화연구』 22권 5호, 인하대학교 교육연구소, 2016.

김혜진, 김종철, 「상호 문화적 능력 향상을 위한 한국의 '흥' 이해 교육 연구 - 고전 문학 제재를 중심으로-」, 『한국언어문화학』 12권 1호, 국제한국언어문화학회, 2015.

민준기, 「상호문화 학습의 이론적 토대」, 『독일언어문학』 21, 한국독일언어문학회, 2003.

박 성, 「영화를 활용한 한국 가치문화교육 연구 - 상호문화능력을 중심으로」, 『한국언어문화학』 15권 2호, 국제한국언어문화학회, 2018.

박윤자, 「〈홍길동전〉의 환상성」, 『어문연구』 50, 한국어문교육연구회, 2022.

박일용, 「〈홍길동전〉의 문학적 의미 재론」, 『古典文學硏究』 9, 한국고전문학회, 1994.

박찬익, 「영화 '캡틴아메리카' 시리즈에 나타난 영웅 캐릭터의 서사 구조에 관한 연구」, 『디지털산업정보학회논문지』 15권 3호, (사)디지털산업정보학회, 2019.

서명수, 「동서 비교문학을 위한 방법론 모색」, 『동서 비교문학저널』 28, 한국동서비교문학회, 2013.

서유경, 「〈전우치전〉 읽기의 문화적 확장 탐색 -〈전우치전〉과 〈브루

스 올마이티)의 관련성을 중심으로-」,『독서연구』20, 한국
독서학회, 2008.

성기철, 「언어문화의 보편성과 개별성」,『한국언어문화학』1권 2호,
국제한국언어문화학회, 2004.

송민정, 「문학 연구의 인지적 전환(1): 텍스트에서 콘텍스트로-고전
서사학과 인지적 서사학의 비교를 중심으로-」,『독일언어
문학』61, 한국독일언어문학회, 2013.

송성욱, 「조선시대 영웅소설과 슈퍼히어로」,『고소설 연구』49, 한국
고소설학회, 2020.

신동흔, 「고전 서사에 나타난 지하세계의 형상과 의미」,『국어국문
학』192, 국어국문학회, 2020.

안혜진, 「〈수호전〉의 카니발 이론에 대한 적용 가능성 고찰: 바흐친
의 카니발레스크를 중심으로」,『비교문학』62, 한국비교문
학회, 2014.

오민용, 「상호텍스트의 한 종류로서 소설에 관한 소고 - M. Bakhtin의
대화이론을 중심으로」,『콘텐츠문화』4, 문화예술콘텐츠학
회, 2014.

오영훈, 「다문화교육으로서 상호문화교육 : 독일의 상호문화교육을
중심으로」,『교육문화연구』15권 2호, 인하대학교 교육연
구소, 2009.

윤여탁, 「문학 작품을 활용한 한국어 문화교육 연구」,『한국언어문
화학』10권 2호, 국제한국언어문화학회, 2013.

이경희,「다문화사회 교육의 두 관점 - 다문화교육과 상호문화교육」,
　　　『다문화교육』 2권 1호, 2011.

이병준, 한현우,「상호문화역량의 개념 및 구성요소에 관한 연구」,
　　　『문화예술교육연구』 11권 6호, 한국문화교육학회, 2016.

이복규,「「홍길동전」 작자 논의의 연구사적 검토」,『論文集』 20, 서
　　　경대학교, 1992.

이윤석,「〈홍길동전〉 작자 논의의 계보」,『열상고전연구』 36, 열상고
　　　전연구회, 2012.

이준영,「상호문화성에 기반 한 문학 독서교육」,『한국언어문화학』
　　　12권 2호, 국제한국언어문화학회, 2015.

이지은, 이주봉,「디지털 기술 시대 대중영화의 재매개 전략 - 마블
　　　스파이더맨 영화를 중심으로 -」,『人文硏究』 99, 영남대학
　　　교 인문과학연구소, 2022.

이화도,「상호문화성에 근거한 다문화교육의 이해」,『비교교육연구』
　　　21권 5호, 한국비교교육학회, 2011.

임대근,「문화콘텐츠연구의 방법론 설정을 위한 시론」,『인문콘텐츠』
　　　64, 인문콘텐츠학회, 2022.

임인호,「Viewing 시대를 입고 : 빈들의 소리 ; 브루스 올마이티와
　　　낙타무릎」,『활천』 664, 기독교대한성결교회 활천사, 2009.

장한업,「문화교육의 철학적 기반에 대한 고찰 - 상호주관성과 상호
　　　문화성을 중심으로 -」,『교육의 이론과 실천』 21권 2호, 한
　　　독교육학회, 2016.

정영근, 「사이의 세기와 상호문화 교육」, 『교육의 이론과 실천』 12, 한독교육학회, 2007.

정창호, 「다문화교육의 반성적 기초로서의 상호문화철학」, 『교육의 이론과 실천』 22권 3호, 한독교육학회, 2017.

조동일, 「영웅소설 작품구조의 시대적 성격」, 『한국학논집』 4, 계명대학교 한국학연구원, 1976.

주송현, 「한국 탈춤에 나타난 바흐친의 카니발레스크 양상 연구」, 한양대학교 박사학위논문, 2018.

주형일, 「왜 나는 스파이더맨을 좋아하는가」, 『언론과 사회』 15권 3호, 사단법인 언론과 사회, 2007.

최두영, 「한국 초능력영화 연구 - 영화 〈경성학교: 사라진 소녀들〉과 〈염력〉을 중심으로 -」, 『영상기술연구』 33, 한국영상제작기술학회, 2020.

최성근, 「영화 '브루스 올마이티'_기적을 꿈꾸는 도시, 버펄로(Buffalo)」, 『국토 : planning and policy』 407, 국토연구원, 2015.

최승은, 「다문화 사회의 타자와 윤리적 실천 : 상호문화교육에 관한 철학적 고찰」, 『한국언어문화교육학회 학술대회 2019 12호』, 한국언어문화교육학회, 2019.

최운식, 「온달설화의 전승 양상」, 『청람어문교육』 20권 1호, 청람어문학회, 1998.

최현덕, 「경계와 상호문화성 - 상호문화 철학의 기본 과제」, 『코기토』

통권 66호, 부산대학교 인문학연구소, 2009.

파테메 유세피, 「야담을 통한 한국 문화의 특성 분석」, 『한국글로벌
    문화학회지』 6권 1호, 한국글로벌문화학회, 2015.

허영주, 「보편성과 다양성의 관계 정립을 통한 다문화교육의 방향
    탐색」, 『한국교육학연구(구 안암교육학연구)』 17권3호, 안
    암교육학회, 2011.

인터넷 자료

브루스 올마이티

    https://search.naver.com/search.naver?where=nexearch&sm=t
    ab_etc&mra=bkEw&x_csa=%7B%22isOpen%22%3Atrue%7D&p
    kid=68&os=1774771&qvt=0&query=%EB%B8%8C%EB%A3%A8
    %EC%8A%A4%20%EC%98%AC%EB%A7%88%EC%9D%B4%ED
    %8B%B0%20%EC%A0%95%EB%B3%B4

김부식 저, 박장렬 외 역, 『원문과 함께 읽는 삼국사기』, 한국인문고
    전연구소

    https://terms.naver.com/list.naver?cid=62145&categoryId=62145

문학비평용어사전, 2006. 1. 30., 한국문학평론가협회, 네이버지식백
    과 : 다성

    https://terms.naver.com/entry.naver?docId=1529773&cid=60657&
    categoryId=60657

영화 염력 정보

https://search.naver.com/search.naver?where=nexearch&sm=t
ab_etc&mra=bkEw&x_csa=%7B%22isOpen%22%3Atrue%7D&p
kid=68&os=3988682&qvt=0&query=%EC%98%81%ED%99%94
%20%EC%97%BC%EB%A0%A5%20%EC%A0%95%EB%B3%B4

사이코메트리 그녀석

https://tvn.cjenm.com/ko/heispsychometric/

브루스 올마이티

https://namu.wiki/w/%EB%B8%8C%EB%A3%A8%EC%8A%A4
%20%EC%98%AC%EB%A7%88%EC%9D%B4%ED%8B%B0

스파이더맨

https://namu.wiki/w/%EC%8A%A4%ED%8C%8C%EC%9D%B4%
EB%8D%94%EB%A7%A8

스파이더맨

https://ko.wikipedia.org/wiki/%EC%8A%A4%ED%8C%8C%EC%9
D%B4%EB%8D%94%EB%A7%A8

영화 퍼스트 어벤져

https://search.naver.com/search.naver?where=nexearch&sm=t
ab_etc&mra=bkEw&pkid=68&os=1809983&qvt=0&query=%EC
%98%81%ED%99%94%20%ED%8D%BC%EC%8A%A4%ED%8A
%B8%20%EC%96%B4%EB%B2%A4%EC%A0%B8

퍼스트 어벤져

https://namu.wiki/w/%ED%8D%BC%EC%8A%A4%ED%8A%B8
%20%EC%96%B4%EB%B2%A4%EC%A0%B8

캡틴 아메리카

https://terms.naver.com/entry.naver?docId=1691721&cid=422
19&categoryId=42225

저자 **서유경**

서울대학교 국어교육과를 졸업하고, 동대학원에서 석박사 학위를 취득하였으며, 현재
시립대학교 국어국문학과에 재직하고 있다.

주요 논문으로는 「공감적 자기화를 통한 문학교육 연구」(2002), 「고전문학교육 연구의
새로운 방향」(2007), 「〈숙향전〉의 정서 연구」(2011), 「〈심청전〉의 근대적 변용 연구」(2015)
등 다수가 있고, 저서로는 『고전소설교육탐구』(2002), 『인터넷 매체와 국어교육』(2002),
『판소리 문학의 문화 적응과 확산』(2016) 등이 있다.

고전 서사와 상호문화콘텐츠

초판인쇄 2023년 12월 10일
초판발행 2023년 12월 28일

저   자 서유경
발 행 인 윤석현
책임편집 김민경
발 행 처 도서출판 박문사
등록번호 제2009-11호
우편주소 서울시 도봉구 우이천로 353
대표전화 (02) 992-3253
전   송 (02) 991-1285
전자우편 bakmunsa@daum.net

ⓒ 서유경, 2023.

ISBN 979-11-92365-46-6   (03800)   정가 10,000원

* 저자 및 출판사의 허락 없이 이 책의 일부 또는 전부를 무단복제 · 전재 · 발췌할 수 없습니다.
* 잘못된 책은 교환해 드립니다.